죽음을
이기는 독서

Latest Readings

LATEST READINGS

by Clive James

Korean translation edition is published by arrangement with
Yale Representation Limited through Duran Kim Agency.

이 책의 한국어 판 저작권은 듀란킴 에이전시를 통해
Yale Representation Limited와 독점 계약한 ㈜민음사에 있습니다.

클라이브 제임스
김민수 옮김

죽음을 이기는 독서

Latest Readings

마지막 순간까지
함께하고 싶은 인생의 책들

일러두기

1 인·지명은 대체로 외래어 표기법을 따랐으나 몇몇 예외를 두었다.

2 본문의 각주는 모두 옮긴이 주다.

영국 케임브리지 아덴브룩 병원에서
나를 돌봐 준 의사들과 간호사들에게

내일은 내가 죽을 차례다.

차례

감사의 말 — 11
들어가는 말 — 13

최초의 헤밍웨이 — 19
다시 읽는 콘래드 — 25
연작 소설 — 31
패트릭 오브라이언과 그의 바다 냄새 나는 주인공 — 39
전쟁 지도자 — 45
제발트와 공중전 — 51
상상 속의 비행접시 — 59
서구인의 눈으로 — 63
시간의 제왕, 앤서니 파웰 — 67
나의 보물, 오스버트 랭카스터 — 77
미국의 힘 — 83
키플링과 저승사자 — 95
슈판다우의 슈페어 — 99
셰익스피어와 존슨 — 103
심술궂은 나이폴 — 109
영화책 — 113
할리우드의 여자들 — 119
임시 책꽂이 — 127
언제나 필립 라킨 — 131

빌라 아메리카 — 135
히틀러를 보는 다양한 시각 — 139
오스트레일리아의 고수, 스티븐 에드거 — 143
존 하워드, 자신의 시대를 연장하다 — 147
헤밍웨이의 최후 — 151
재치에 대하여 — 159
리처드 윌버의 계율 — 163
창작이 상식을 벗어날 때 — 169
콘래드의 위대한 승리 — 173
피날레 — 177

감사의 말

원고를 읽어 준 프루 쇼, 데이비드 프리, 클래어웬 제임스, 디어드레 서전트선에게 감사를 전한다. 내가 패트릭 오브라이언에 빠지게 된 책임은 클래어웬 제임스와 디어드레 서전트선이 져야 한다. 나는 내가 이미 뭘 좀 안다고 생각했지만, 케임브리지 시장 광장에 있는 휴의 노점 헌책방에서 여러 차례 우연히 만났던 마이클 태너와 언젠가 커피를 마시며 대화를 나눈 적이 있는데, 그때 내가 알아야 할 것이 더 있다는 사실을 알게 됐다. 끝으로 바로 그 헌책방 주인 휴에게 고맙다는 말을 꼭 해야겠다. 과묵한 그는 내가 플랜 오브라이언의 장점에 대해 극찬을 늘어놓을 때 참을성 있게 들어주었다. 내가 침을 튀기는 동안 그는 엄청나게 큰 모딜리아니의 데생집을 나 혼자 택시에 싣고 집까지 갈 수 있을지, 아니면 그날 장사가 끝나고 자기가 직접 배달해 줘야 할지 말없이 고민하고 있었다.

들어가는 말

2010년 초, 병원 문을 나서는 내 손엔 백혈병 확진과 함께 폐까지 망가졌다는 진단서가 들려 있었다. 귀에서 째깍째깍 시계 초침 소리가 들렸다. 이렇게 된 마당에 새 책이든 중요한 책이든 간에 책이라는 걸 읽는 게 무슨 의미가 있는지, 혹은 내가 이미 아는 훌륭한 책들조차도 다시 읽을 만한 가치가 있는지 궁금해졌다. 맞다, 시. 당시 나는 내 책 『시 공책(Poetry Notebook)』을 마무리하고 있었는데, 추가해야 할 글이 좀 더 남아 있었다. 그러나 내겐 끝까지 읽을 시간이 없을 수도 있기에, 아주 가벼운 책을 읽기 시작하는 것조차도 대단한 일처럼 보였다. 그런 정신 자세를 뜯어고쳐 준 치료제는 보즈웰의 『존슨의 생애(Life of Johnson)』였다. 이 걸작을 처음부터 끝까지 기쁜 마음으로 읽고 나서 — 전에는 조금 읽다가 말았는데, 이 책은 처음부터 끝까지 다 읽어야 하는 책이라는 걸 이제야 알 것 같다. — 나중에 존슨 자신이 쓴 책을 다시 읽어 봐야겠다고 마음먹었다.

자리보전하고 몸져눕는 대신 다시 한 번 회복해서 두 다리로 설 수 있게 되었다는 사실 때문에 "나중에"라는 개념이 갑자기 비현실적이라기보다는 현실감 있게 다가왔다. 불이 언제 꺼질지 정확한 시간을 알 수 없다면, 불이 꺼질 때까지 책을 읽는 편이 나을 것이다. 내게 남아 있는 시간을 위해 우리 가족은 몇 가지 계획을 세웠다. 그중 하나는 런던에 있는 작업실에서 나를 끌어낸 다음 케임브리지에 있는 그들 집에 내 서재를 만드는 것이었다. 그 집에서 나는 삶을 살고, 책을 읽고, 어쩌면 글을 쓸 수 있을지도 몰랐다. 서재를 만드는 데는 마치 몇 년쯤 걸린 것 같았다. 숨 쉴 공간을 마련하기 위해 내가 소장한 책의 절반가량을 팔아야 했다. 그리고 팔고 남은 책들로 특별히 제작한 서가를 빼곡하게 채웠다. 나는 내 자신과 주변의 모든 사람들에게 두 번 다시 책을 사들이는 일은 없을 거라고 맹세했다. 그러나 책을 읽고 싶은 욕구가 다시 고개 들면서 책을 사고 싶은 욕구도 덩달아 고개를 들었다. 최근 몇 년 사이에 케임브리지에서는 중고 책방의 수가 급격하게 줄었다. 대부분의 중고 책방이 온라인으로 옮겨 간 탓이다. 다만 천정부지로 치솟은 임대료에서 비교적 자유로운 옥스팜 가게들은 아직 들러 볼 만했다. 물론 시내까지 1킬로미터를 느리게라도 걸어갈 힘을 낼 수 있는 날에만 가능한 얘기였다. 변함없이 시장 광장에서는 휴의 노점 헌책방이 화요일과 목요일마다 문을 열었다. 휴의 노점 헌책방은 문학가와 학자를 불문하고 그 추종자들에겐 지구상에서 가장 훌륭한 헌책방 가운데 하나로 알려져 있었다. 그날 내놓은 책이 다 팔리면 마치 마르지 않는 샘물 같은 휴의 창고에 비축된 양장본과 문고본 재고가 판매대의 빈자리를 채운다. 휴는 말을 아끼지만, 사정을 잘 아는 사람들한테 들은 바로는 그가 이 군침 도는 책들을 전부 중고품 매매를 통해 손에 넣었다고 한다. 내가 생각하기엔 원래 이 책들의 주인이었던 사람들이 세상을 떠나자 그들의 가족이 가장 간단하게 수입을 올릴 수 있는 방법으로 책을 팔아 치운 것 같았다. 정확히 언제가 될지는 모르지만 나 역시 죽음이 예정된 사람으로서, 집으로 가져가고 싶은 책들을 휴의 가판대 위에 차곡차곡 쌓아 올리기 시작한 것은 미친 짓이었다. 그러나 그 미친 짓은 신성했다. 이미 내가 소장한 책이라 할지라도 휴의 헌책방에는 더 읽기 편한 판본이 있을 수도 있었다. 또 휴의 헌책방에서 파는 책들 중에는 한때 내가 소장했지만 살면서 도중에 분실한 책들도 꽤 있었다. 그리고 대부분은 내가 전에 한 번도 산 적이 없고, 이제야 비로소 소장 가치를 깨닫게 된 책들이었다. 헌책을 구입한 데에는 억누를 길 없는 의무감이 작용하기도 했다. 가장 어른스러운 일, 즉 사라져야 할 시간이 가까워진다고 해서 모든 것을 이해하고 싶은 아이 같은 충동까지 반드시 사라지는 것은 아니다.

그러나 이 책에서 나는 이따금 다음과 같은 철학적 신념에 대해 이야기할 것이다. 결국 일정한 나이에 이르면, 당신이 책에 관해서 가장 먼저 의식하게 되는 것은 책이 가진 힘이고, 책의 힘이란 결국 생각하게 하는 힘이라는 것이다. 실제로 당신은 책을 집어 들 때 그 힘을 느낄 수 있다. 짐작컨대 내가 집에 소장하고 있는 책들은 내가 그 책들을 살까 말까 고민할 때 자신들이 지닌 힘을 내뿜었을 것이다. 그 책들이 이제 내 서재에 있다. 최근에 팔고 걸러 냈지만 아직도 수천 권에 달하는 책들 사이를 나는 천천히 어슬렁거렸다. 오래전에 구입한 책들이 다시 읽어 달라고 애원하는 와중에도 나는 매주 새로운 책들을 쇼핑용 비닐봉지에 한 가득씩 사 들고 왔다. 미쳤지,

미쳤어. 아니, 새뮤얼 존슨(Samuel Johnson)이라면 이렇게 말했을지도 모르겠다. 부질없지, 부질없어.

존슨은 종종 자신의 게으름을 인정했는데, 그였다면 이 책의 구성에 대한 내 계획에 찬성했을지도 모른다. 왜냐하면 이 책에는 구성이라는 게 없기 때문이다. 이 책은 뭐랄까, 그냥 우연히 나오게 됐다. 몇 년 동안 나는 내 인생의 마지막이 될지도 모르는 독서에 열중해 있었다. 그런데 고맙게도 예일 대학교 출판부에서 최근에 내가 읽은 책들에 대해서 작은 책을 써 보겠느냐는 제안을 했다. 그 제안을 받고 나서도 나는 특별한 순서 없이 아주 심각한 책과 얼핏 시시해 보이는 책들을 오가며 독서를 계속했다. 문화에서 중요한 건 자격증이 아니라 열정과 진정성이라는 게 내 지론이다. 때때로 당신은 종신 교수한테서 얻을 수 없는 것들을 팬이나 마니아들한테서 얻을 수 있다. 그래서 나는 워싱턴 정가를 다룬 심각한 책을 통해 미국의 정치를 배웠지만, 할리우드를 다룬 가벼운 책을 통해 미국의 문화 제국주의도 배웠다. 그런 책에 따르면 결국 문화 제국주의는, 우리가 아무리 조바심을 내며 안절부절못해도 사실상 진행 중인 미국의 세계 지배를 보조하는 한 분야다.

또 나는 전에 읽었던 책들과 그동안 등한시했던 책들을 오가며 읽었는데, 가만 보니 전에 읽었던 책들과 그동안 등한시했던 책들을 같은 범주에 넣어도 무리가 없을 것 같았다. 아주 오래전에 읽었던 책을 다시 읽을 때는 마치 처음 읽는 새 책처럼 느껴졌기 때문이다. 그렇게 완전히 처음 읽는 것처럼 느껴졌던 책들 중에서 올리비아 매닝(Olivia Manning)이 쓴 두 편의 3부작은 커다란 발견이었다. 나는 그녀의 책에서 받은 즐거운 충격을 이 책에서 마땅히 중요하게 다루었다. 그러나 마치 무슨 계시처럼 느껴진 사건은 50년도 더 지난 뒤에 조지프 콘래드(Joseph Conrad)를 재발견한 일이었다. 내가 그의 작품들을 재정복한 이야기는 이 책 여기저기에 띄엄띄엄 흩어져 있는데, 그 이유는 내가 그의 작품들에 접근한 방식이 실제로 그랬기 때문이다. 나는 그의 대표작들을 몰아서 다시 읽는 대신, 다른 책들을 읽는 사이사이에 띄엄띄엄 읽었다. 가장 큰 이유는 그의 작품을 그만 읽으려고 애를 썼기 때문이다. 일분일초도 낭비해서는 안 될 만큼 시간이 귀하게 느껴져서 그의 작품에 그렇게 많은 시간을 쏟고 싶지 않았지만, 그가 나를 붙들고 놔주지 않았다.

어니스트 헤밍웨이(Ernest Hemingway)도 콘래드와 비슷한 경우라고 할 수 있다. 게다가 당시에 나는 정말로 헤밍웨이에 대한 글을 쓰면서 극적인 배치를 염두에 두고 있었다. 나는 무궁무진한 가능성을 지녔던 젊은 헤밍웨이로 책을 시작해서 쇠약해진 헤밍웨이로 책을 끝내고 싶었고, 그런 배치는 왠지 그럴듯해 보였다. 그는 스스로 자신에게 피해를 줌으로써 비참한 최후를 맞이했고, 인생이라는 선물과 재능이라는 선물이 어떻게 남용될 수 있는지 보여 주는 뚜렷한 본보기 같았다. 어쩌면 나도 노인네가 되니까 노망난 늙은이들이 흔히 그렇듯 청교도적인 인간으로 변해 가고 있었을지도 모른다. 하지만, 헤밍웨이의 무모함이 못마땅했다. 그러나 그가 그토록 중요한 인물이 아니었다면 나는 당연히 그의 무모함을 못마땅하게 여기지 않았을 것이다. 책에서도 그런 생각을 밝히려고 했다. 헤밍웨이는 새뮤얼 존슨 박사와 마찬가지로 이 책에서 자주 등장한다. 사실 두 사람뿐 아니라 모든 작가가 자주 등장한다. 한군데 모아 놓고 보니까 그들이 쓴 책들은 공동묘지가 아니라, 미지의 세계로 들어가는 출입구마다 끝없이 달린 반짝거리는 거울의 목가적인 전시장이다. 그 미지의 세계가 캄캄해 보이는 이유는 단지 우리가 그 안으로 들어가지 않으려 하기 때문이다. 우리는 우리의 지식을 더 늘리려 하지 않지만, 바로 그 지식이 우리를 여기까지 데려왔다.

최초의 헤밍웨이

『태양은 다시 떠오른다(The Sun Also Rises)』를 마지막으로 읽은 게 하도 오래전이라 몇 가지 특별한 세부 사항 말고는 기억나는 내용이 없었다. 그러나 내 기억에 남아 있던 몇 가지 세부 사항들 — 파리의 밤나무, 팜플로나의 황소 달리기 축제 — 이 너무나 선명해서 그것만으로도 그 책이 내겐 언제나 신선하고 강렬한 인상을 주었다는 것을 떠올릴 수 있었다. 그 소설은 본격적으로 도약하기 시작한 한 젊은 작가의 완벽한 표현이었다. 『태양은 다시 떠오른다』를 처음 읽을 당시 나 역시도 젊은 작가였지만, 아직 작가로서 제대로 된 발걸음을 떼지 못하고 있을 때여서 그 소설을 읽으며 내 가슴속에 부러움이 가득 차올랐던 게 기억난다.

지금은 내 경력의 끝자락에 와 있다 보니 그 소설을 다시 읽으면서 부럽다는 생각이 별로 들진 않지만 — 헤밍웨이의 성격이 항상 그를 위협해 과도한 자살 충동으로 내몰았다는 점은 의심의 여지가 없다. — 우리에게 그토록 강렬한 담백함을 안겨 주었던 문체는 여전히 매혹적이다. 그는 대화를 나누는 사람들이 서로 상대방이 한 말을 그대로 따라 하는 장면에서 반복을 지나치게 많이 사용하며, 그런 장면이 너무나 자주 등장한다. 설상가상으로, 술에 취하면 그들은 자기들이 한 말까지 그대로 되풀이하기 시작한다. 하지만 그런 짜증 나는 장난을 칠 때조차도 헤밍웨이는 종종 정확하게 의도를 전달함으로써 독자의 웃음을 끌어낸다. 그의 작품에 등장하는 주정뱅이 중에서도 가장 꾸준히 취해 있는 주정뱅이인 마이크는 어느 노부인의 가방이 자기 머리 위로 떨어졌다는 말을 두 번 하는데, 그때 웃음을 준다. 불과 몇 초 전에 똑같은 말을 해 놓고도 자기가 그랬다는 사실을 잊어버렸거나 자기가 한 말을 알아들은 사람이 아무도 없다고 생각하기 때문이다. 젊고 경험이 부족한 술꾼들은 남들이 추켜올려 주면 꼭 그런 식으로 말을 한다. 나도 50년 전엔 자주 그랬다.

『태양은 다시 떠오른다』에는 과거를 가질 만큼 오래 산 사람들이 거의 등장하지 않는다. 그들은 젊기에 현재의 순간을 살고, 또 마땅히 그래야 한다. 그래서 그들은 경험이 많은 사람인 양 자신을 포장한다. 주인공 제이크 반스는 저자의 과거가 담긴 인물이다. 단, 제이크의 과거는 거짓이 아니다. 그는 저자 자신의 모습이 반영된 인물에 가깝다. 그렇게 말할 수 있는 이유는 무엇보다도 그가 영구적인 성적 좌절감에 빠져 살고 있기 때문이다. 상당히 매력적인 외모와 활력을 갖춘 덕분에 헤밍웨이가 원한 여성은 거의 모두 맨살에 들러붙는 모기처럼 그에게 달라붙었지만, 그가 여자들 때문에 항상 불안해한 것은 틀림없는 사실이다. 제이크는 아름답고 저돌적인 영국의 귀족 여인 브렛 애슐리와 있을 때도 발기 불능 상태인데, 이 장면에서 헤밍웨이는 의심의 여지없이 자신의 골칫거리이자 소망을 극적으로 표현하고 있다.(현실에서 헤밍웨이는 팜플로나로 처음 여행을 갔을 때 첫 번째 아내 해들리가 뻔히 보고 있는데도 레이디 더프 트위슨에게 추파를 던졌고, 평소 알고 지내던 유대인 해롤드 롭이 그녀와 사이좋게 지내자 그와 주먹다짐까지 벌였다.) 그러나 제이크는 정신보다 육체가 더 망가져 있다. 제이크는 1차 세계대전 때 서부 전선에서 비행을 하다가 부상 — 구체적으로 어디를 다쳤는지는 소설에 명시되어 있지 않다. 다만 훗날 현실에서 헤밍웨이는 절단 수술에 대해 언급했다. — 을 입었다. 그러다 보니 제이크와 브렛은 서로 상대에게 욕망을 느끼지만 달리 할 수 있는 일이 없다. 제이크가 브렛을 위해 완벽하지는 않더라도 의미 있는 뭔가를 할 수 있는 가능성도 논의되지 않는다. 다만 제이크와 브렛 두 사람이 어느 때보다도 더 큰 좌절을 느낄 만큼의 만족감에 도달했음을 암시하는 듯한 수수께끼 같은 구절이 딱 한 번 등장할 뿐이다.

오늘날의 독자는 제이크의 성적 좌절감을 작가의 상상력 부족이라고 여길지도 모르겠다. 그러나 제이크를 전시의 비행기 조종사로 그리는 과정에서 헤밍웨이의 상상력은 부족함이 전혀 없다. 그런 종류의 직업이 바로 헤밍웨이가 상상하길 좋아하는 직업이다. 예를 들어 몰리 캘러헌(Morley Callaghan)이 자신을 때려눕혔을 때조차도 헤밍웨이는 자신을 복싱 챔피언이라고 상상했다.(캘러헌의 『파리의 그 여름(That Summer in Paris)』도 내가 다시 읽어야 하는 책이다.) 비록 지상에서만 복무했지만 헤밍웨이는 큰 부상을 입을 만큼 위험한 군 생활을 보냈다. 하지만 그는 군 복무에 대해서도 거짓말을 했다. 매번 군대 이야기를 할 때마다 자기가 목격한 것은 물론이고 자기가 입은 부상에 대해서까지 더 극적으로 부풀렸다. 훗날 『무기여 잘 있거라』에서 헤밍웨이는 주인공인 군인에게 중상을 입혀서 천사 같은 간호사 캐서린이 거의 죽었던 그를 살려 내도록 하는 것처럼 보인다. 그러나 헤밍웨이는 『태양은 다시 떠오른다』에서 이미 그보다 더 훌륭하게 해냈다. 아니, 뭐랄까, 더 못했다고 해야 할까. 그는 자신의 모습이 투영된, 숭고하고 성적 좌절감을 냉철하게 견디는 제이크라는 인물을 창조함으로써 자신에게 또 다른 부상을 입혔을 뿐만 아니라 날개까지 달아주었다.

자신을 최고의 비행기 조종사로 그린 사람은 헤밍웨이 말고도 또 있었다. 윌리엄 포크너(William Faulkner)는 거짓말이 들통나기 전까지 헤밍웨이처럼 걸핏하면 군대 얘기를 부풀려 이야기하곤 했다. 포크너는 실제로 비행기를 조종할 줄은 알았지만, 비행기를 몰고 전투에 참가한 적은 한 번도 없었다. 하지만 사람들은 그가 비행기를 몰고 전투에 참가했다고 생각했고, 그는 사람들이 그렇게 생각하도록 내버려 뒀다. 헤밍웨이는 이런저런 일에 대해서 우리에게 두고두고 생각할 여지를 남겼다. 자신이 직접 파리를 해방시켰다고 사람들에게 말한 2차 세계대전 기간 동안 그는 자신의 주변 사람들의 안전을 책임지는 사람들이 그만둬 주기를 간절히 바랄 정도로 용감한 행동들을 했다. 그가 전쟁에서 자진해서 떠맡은 용맹한 일들은 대부분 제정신으로는 하기 힘든 일들이었지만, 전쟁 이야기를 할 때마다 그는 항상 독자나 듣는 사람들로 하여금 그의 어리석은 짓들이 연합군의 전쟁 활동에서 전략적으로 중요한 부분이었음을 믿게끔 했다. 당신은 헤밍웨이가 독일의 잠수함들과 팔씨름을 해서 항복을 받아 냈다고 해도 철석같이 믿을 것이다.

현실에서는 많은 작가들이 거짓말쟁이다. 이미 시작할 때는 모든 작가가 거짓말쟁이일 것이다. 어떤 이야기도 작가가 말하는 것만큼 간단하고 깔끔하지 않다. 자신을 미화하고 과장하는 경향이 있는 정치인들은 대개 일찌감치 발각되어 참모들에게 그만 집어치우라는 조언을 듣는다. 그래서 힐러리 클린턴은 "저격수의 총구가 겨누고 있는" 사라예보 땅에 한 번 이상 발을 딛지 않았고, 한때 자신의 모든 경험을 영웅적 행위로 확대했던 조 바이든도 결국 진실한 사람처럼 보이는 법을 배우고 있다. 그러나 작가들은 스스로 조언해야 한다. 2차 세계대전 때 시인 제임스 디키(James Dickey)는 태평양에서 야간 요격 전투기 블랙위도우 P-61을 몰았다. 사람들은 그러한 군 복무 경력이 충분히 낭만적이었겠다고 생각했겠지만, 그는 일본에 원자 폭탄을 투하하는 작전에 참가했다고 넌지시 내비침으로써 자신의 과거를 포장하곤 했다. 안타깝게도 자기 잇속만 차리는 이 전설적인 조종사 — 그는 자신이 느끼는 것보다 더 많은 죄책감을 느껴야 하는 사람이었다. — 는 그 일에 재미를 붙였고, 사실을 전달해야 할 때도 자신의 가치를 높이기 위해 실제보다 부풀리곤 했다. 헤밍웨이도 똑같은 병을 앓았다. 그는 언뜻 객관적인 것처럼 보이는 문체로 이루어진 내러티브의 매력이 알게 모르게 현실에 윤기를 더해 준다는 사실을 간파하고는 습관적으로 브레이크 대신 가속 페달을 밟았다. 그 결과 그의 후기작은 대부분 엉망이 되었다. 그는 절제된 표현조차도 과장해서 말했다. 그러나 『태양은 다시 떠오른다』에서 그는 여전히 독자를 매혹하는 힘을 시험하고 있었다.

헤밍웨이가 로버트 콘이라는 인물을 묘사할 때는 독자를

매혹하는 힘을 별로 느낄 수 없다. 심지어 당시 사람들조차도 헤밍웨이의 콘 묘사가 반유대적이라고 생각했을 법하다. 헤밍웨이가 "깜둥이(nigger)"라는 단어를 반복해서 사용하는 것도 전혀 매혹적이지 않다. 하지만 이 점은 아프리카계 미국인이 많은 수를 차지하는 학교 선생님들과 출판사에 문제가 있다. 그들은 헤밍웨이의 묘사에 크게 이의를 제기하지 않는 것처럼 보인다. 그들은 긴 중편 소설에 가까운 헤밍웨이의 이 짧은 장편 소설이 그 시대의 작품 — 옳은 말이다. — 일 뿐이라고 보는 듯하다. 이 소설을 시대를 초월한 작품이라고 부를 수 있느냐에 대해서도 논쟁의 여지가 있다. 확실히 말할 수 있는 것은 예나 지금이나 이 소설은 나와 영원히 함께할 작품이라는 것이다. 하지만 내 영원함은 곧 끝날 것이다. 그러나 얼마 남지 않은 그 짧은 시간 동안 내게 남겨진 일은 책을 읽는 것이다. 나는 낯설고 독특하지만 한편으로는 마치 하나의 구절이 애무라도 되는 양 제이크와 브렛이 서로 흠모하며 나누는 관능적인 대화를 다시 들을 수 있는 기회가 생겨서 정말 기쁘다. 『태양은 다시 떠오른다』는 은유의 승리이지만, 이 소설에서는 처음부터 끝까지 은유는 물론이고 심지어 단 하나의 직유도 찾기 힘들다. 사실 이 소설에서 헤밍웨이가 어떤 대상을 다른 것에 비유하는 대목은 딱 한 번 나온다. 제이크가 브렛의 사랑스러운 몸매를 보면서 경주용 요트의 곡선을 연상하는 대목이 그것이다. 우리 머리는 여자의 몸매가 요트 같다는 비유를 어색하게 받아들이겠지만, 우리 마음은 이미 그 문장에 사로잡혀 버린다.

다시 읽는 콘래드

폐기종이라고 부르는 만성 폐색성 폐 질환의 나쁜 점 가운데 하나는 흉부 감염에 취약하다는 것이다. 매일 항생제를 먹어도 늘 사방팔방에서 침투한 갖가지 세균이 몸속에 자리 잡으려고 안간힘을 쓴다. 언젠가 정기 진료를 위해 병원에서 수속을 밟고 있는데 열이 너무 높아서 집에 갈 수 없는 상태가 되었다. 나는 폐 병동에서 열흘을 보냈고, 고열의 정체는 폐렴으로 밝혀졌다. 결국 정맥으로 항생제를 들이붓다시피 해서 폐렴 증세는 호전됐지만, 호전되기까지 너무 따분하고 할 일이 없었다. 나는 따분함에서 벗어나기 위해 『로드 짐(Lord Jim)』을 다시 읽었다. 그 책은 매우 상냥하고 자신의 일에 대한 성취감이 가득해 보이는 나이 지긋한 여성 자원봉사자가 폐 병동을 돌며 끌고 다니는 도서관 손수레 속에 칼과 용이 등장하는 흔한 역사물과 함께 들어 있었다. 50년도 더 지난 얘기지만 『로드 짐』은 내가 시드니 대학에 다닐 때 영문학 강의를 듣는 1학년생들의 필독 소설 가운데 하나였는데, 나는 따분한 책으로 기억하고 있었다. 내 딴엔 병원에서의 따분함을 또 다른 따분함으로 물리쳐 보려 했던 것 같다. 일종의 예방 접종이랄까.

예나 지금이나 손에 땀을 쥐게 하는 책은 아니었지만 오랜만에 다시 읽어서 그런지 예전보다는 훨씬 흥미진진했다. 나는 오래전부터 콘래드가 위대한 작가라는 걸 알고 있었다. 『서구인의 눈으로(Under Western Eyes)』 하나만으로도 그는 최고의 영국 작가들 — 정확히 말하면 영국에 거주하는 폴란드 작가들 — 의 반열에 오를 만했다. 그 책에서 콘래드는 동유럽을 다루면서 독재 정치의 무능함과 혁명의 무능함 사이에서 벌어지는 갈등을 분석했다. 그러나 나는 예전의 기억 때문에 『로드 짐』을 딱히 국제적이고 역사적인 그림의 일부로 이해하지 않았다. 그런데 열이 내려가지 않아 땀에 흠뻑 젖은 침대보 위에서 뒤척이며 한 번에 몇 쪽씩 나눠 읽다가 깨닫게 된 사실은 그동안 내가 콘래드의 가장 유명한 이 책을 말도 안 되게 오해하고 있었다는 것이다. 이 책이야말로 국제적이고 역사적인 그림의 전형적인 예다.

하지만 그러한 그림 혹은 관점이 잘 억제되어 있다. 우선 이야기가 캐릭터 탐구를 중심으로 전개된다. 짐의 약점이 없었다면 이 책엔 이야기라는 게 전혀 없었을 것이다. 이야기의 도입부에서 상선(商船)의 간부 선원인 짐은 침몰 중인 배에서 탈출하는데, 나중에 배는 침몰하지 않은 것으로 밝혀지고, 그는 이 사건을 두고두고 잊지 못한다. 계속 읽다 보면 한 가지 의문이 떠오른다. 만일 우리가 자신이 저지른 비겁한 짓을 잊지 못한다면 우리는 저마다 맡은 직분을 다하며 살아갈 수 있을까? 이야기의 결말에 이르면 파투산이라는 신비한 왕국에서 사실상 군주가 된 짐은 자신의 작은 낙원에 침입한 변질자 무리가 사악한 마음을 먹고 있을 가능성을 인정하지 않음으로써 자신의 배우자와 국민들의 삶을 파멸로 이끈다. 소설의 화자(話者)인 말로는 짐의 결점을 그의 낭만적인 성격 탓으로 돌린다. 짐의 말년은 "지난날 자신이 감당할 수 있는 것보다 더 많은 화려함을 갈망했던 것에 대한 속죄"의 삶이다. 마음을 빼앗긴 우리 독자들은 아직 알려지지 않은 지역까지 포함해서 전 세계가 유럽 정치에 물들었다고 충분히 추정할 수 있다. 만약 짐이 파투산을 정의롭고 부유한 왕국으로 만들지 않았다면 변절자 무리들이 침입하지도 않았을 테니까.

마음을 빼앗긴 우리 독자들에게는 안타까운 일이지만, 이야기는 그다지 매혹적이지 않다. 화자인 말로가 따분한 인물이기 때문이다. 콘래드가 창조한 인물 가운데 말로가 유일하게 따분한 인물인 이유는, 콘래드는 어떤 것의 본질을 그 자리에서 완벽하게 꿰뚫어 볼 수 있는 반면에 말로는 한 번에 찔끔찔끔 당신에게 정보를 제공하기 때문이다. 내 팔에 정맥 주사가 꽂혀 있었기 때문인지는 몰라도, 나는 암탉이 낳은 한 무리의 병아리 떼 중에서 제일 늦게 태어난 녀석이 먹을 것이 부족해 쇠약해지는 모습을 떠올렸다. 이 소설의 비밀이 서서히 폭로되어야 한다고 생각하는 독자에게는 말로가 유용한 장치였지만, 요점을 피해 말을 빙빙 돌리는 그의 환상적인 능력은 사람을 약 올리는 짓이라고 해도 전혀 틀린 말은 아닐 것이다. 그럼에도 나는 책을 끝까지 읽었고, 콘래드와 나 두 사람 모두에게 진심으로 감탄했다. 첫째, 콘래드의 도덕적 식견에 감탄했고 둘째, 나의 인내심에 감탄했다. 어쩌면 독자의 자부심을 불러일으키는 게 콘래드의 목표 가운데 하나였을지도 모르겠다. 바그너가 「지크프리트」[1]를 그토록 지루하게 만든 이유가 청중이 스스로 존경심을 갖도록 하기 위해서였다고 믿는 사람들도 있지 않은가.

여하튼 나는 집에 돌아왔을 때 낡은 『노스트로모(Nostromo)』를 집어 들었다. 오래전에 『로드 짐』을 읽고 나서 곧바로 『노스트로모』도 읽었는데 아주 감동적이었다. 이유가 될지 모르겠지만 『노스트로모』에는 말로가 없었다. 즉 수시로 끼어드는 이런저런 지루함에 의해 걸러지지 않은 화자의 목소리를 만날 수 있었다. 그러나 다시 읽으면서 스페인어 단어가 그렇게 많이 나오는 영어 소설을 내가 과거에 어떻게 읽을 수 있었는지 궁금해졌다. 스페인어 단어에 어리둥절해져서 다음에 읽으려고 미뤄 뒀어야 정상일 텐데 이 소설에서 내가 감동을 받았다니 어떻게 그럴 수 있었을까? 결국 나는 25년 이상 스페인어 까막눈으로 살고 난 후에야 스페인어를 배웠고, 비로소 내가 이 소설에서 놓쳤던 것들이 무엇이었는지 알게 되었다. 그래서 콘래드가 '까빠따스 드 까르가도르[2]'라고 했을 때 그것이 노스트로모를 가리키는 말임을 이제야 확실히 알게 되었다. 그뿐만 아니라 정치에 대해서도 많이 배웠다. 몇 년 동안 근대사에 관한 책들을 읽은 덕분에 콘래드가 진즉에 알고 있었던 것으로 여겨지는 역사적 사건들이 얼마나 중요한 의미를 띤 사건들이었는지 이제야 이해할 수 있게 되었다. 그는 자신이 생존해 있을 때부터 이미 세계를 재편하고 있었던 정치 세력들에 매우 민감하게 반응했다. 그러한 세

1 바그너의 오페라 「니벨룽겐의 반지」의 3막.

2 capataz de cargadores: 부두 노동자들의 십장(什長).

계 재편은 내가 살아오는 동안 사실상 대부분 마무리되었고, 그 과정에서 수많은 사람들이 죽었다. 앞으로 일어날지도 모르는 일을 콘래드가 예측했다는 것은 이제 분명해졌다. 하지만 내가 처음 『노스트로모』를 읽었을 때는 너무 어려서 당시에 무슨 일이 일어나고 있었는지조차 전혀 감을 잡지 못하고 있었다. 그렇다면 나는 무엇에 감동했던 것일까?

나를 감동시킨 것은 의심할 여지없이 할리우드 스타일의 이야기였다. 즉 『노스트로모』의 이야기는 마치 할리우드 영화의 각본 같았다. 벌어지는 사건마다 스릴 만점이다. 돈 카를로스 굴드와 그의 출중한 아내는 짐의 파투산처럼 온갖 매혹을 지닌 가상의 왕국 술라코를 건설한다. 하지만 책에서 술라코가 돌아가는 방식은 파투산보다 훨씬 더 사실적이다. 우리는 광산에서 은을 캐는 장면에서 울려 퍼지는 곡괭이와 망치질 소리를 들을 수 있다. 그것은 마치 조명이 들어온 「라인의 황금」[3]을 연상시킨다. 외국인이 소유한 자본주의 기업의 모든 세부 사항들이 단순히 암시되는 수준을 넘어 사실적으로 묘사된다. 모든 조연은 사실감이 넘친다. 수많은 트루히요[4]와 바티스타[5]의 선배라고 할 수 있는 부패한 독재자에서부터 모든 것을 다 아는 현자 행세를 하는 사람과 시집을 손에 든 아름다운 소녀까지 전부 다 있다. 이 소녀는 그 존재만으로도 이전까지 무기력했던 젊은 지식인 편집자를 방어적 냉소주의에서 벗어나게 할 뿐 아니라 자신에게 운명적으로 복종하게 하

3 바그너의 오페라 「니벨룽겐의 반지」의 1막.

4 1930년부터 1961년까지 도미니카를 지배한 독재자 라파엘 트루히요.

5 1950년대 쿠바의 독재자 풀헨시오 바티스타.

고도 남는다. 젊은 지식인 편집자는 이상주의 때문에 죽는다. 무엇보다도 노스트로모가 있다.(처음 읽을 때 그의 이탈리아식 이름이 '우리들의 남자'를 뜻한다는 걸 내가 알았을까?) 그는 능력 있고 정직한 사람으로 평판이 높고 미국인 지배 계층도 그를 존경한다. 그들은 단 1온스의 은도 훔치지 않을 것이라고 믿는 이 남자가 장차 은을 1톤씩이나 훔치게 되리라는 의심은 단 한순간도 하지 않는다. 그 역시 자신이 그런 일을 하게 되리라고 의심하지 않았다. 그러나 그 순간이 오자 그는 자기 자신을 제외한 모든 사람을 배신했다.

게다가 이런 주제들은 『노스트로모』에 들어 있는 이야기의 시작에 불과하다. 이제 나는 『노스트로모』가 내가 평생 읽었던 가장 훌륭한 책 가운데 하나라는 걸 안다. 그러나 진지함과는 한참 동떨어진 책들을 읽었을 때도 나는 똑같은 생각을 했다. 그러한 역설 어딘가에 매혹적인 소설의 비밀이 있고, 내가 헨리 제임스(Henry James)의 후기 소설들에 한 번도 매혹당하지 않았던 이유가 숨어 있다. 그의 후기 소설들 첫 장에서부터 드러나는 문체의 미묘함은 내 안의 경험 많은 독자의 관심은 끌지만, 내 안의 경험이 부족한 독자는 다음 장으로 넘어갈 이유를 거의 찾지 못한다. 헨리 제임스가 바다로 나가 주기만 했더라도! 하지만 이디스 워튼(Edith Wharton)이 전하는 바에 따르면 헨리 제임스는 겨우 길을 묻기 위해 차에서 내려서도 횡설수설하면서 이해할 수 없는 말을 한참 동안 늘어놓았다고 한다. 그런 그가 배를 타고 바다에 나가 함교 위에서 명령을 내리는 상황이 벌어진다고 상상해 보라. 너무 꼼꼼하고 자세하게 명령을 내리는 바람에 그가 탄 배는 항해 첫 날 뭔가에 부딪혀 좌초했을지도 모를 일이다.

연작 소설

이제 막 에드워드 세인트 오빈(Edward St Aubyn)의 최근작 『말문이 막히다(Lost for Words)』를 읽기 시작했을 뿐인데도 나는 벌써 처음으로 되돌아가서 패트릭 멜로즈[6]가 나오는 연작 소설과 친해지지 않으면 안 되겠다는 점을 깨닫기 시작했다. 제임스 우드(James Wood)와 윌 셀프(Will Self)가 왜 세인트 오빈을 기지 넘치는 작가라고 했는지 알 것 같다. 비록 나머지 우리는 그를 오로지 기지 넘치는 작가 정도로만 생각하지만. 기지 넘치기로 유명한 작가들은 대부분 기지의 흔적을 남기지 않지만, 세인트 오빈은 정말 기지가 폭발하기 일보 직전까지 의미를 꾹꾹 눌러 담을 수 있는 작가다. 하도 자주 그러다 보니까 그가 자신의 장기를 보여 주지 않으면 독자는 조바심이 날 정도다. 세인트 오빈이 만든 '페이지 앤 터너(Page and Turner)'라는 가상의 출판사 이름은 듣자마자 기억에 남지만, 앤서니 파웰(Anthony Powell)은 자신의 소설에 등장하

6 에드워드 세인트 오빈의 대표작인 5부작 연작 장편에 등장하는 주인공.

는 백쇼라는 인물의 별명인 '책으로 만든 방'의 뜻을 설명하는 데만 책의 절반을 할애하고도 흥미를 불러일으키는 데 실패했다. 또 다른 등장인물 케네스 위드머풀은 야심은 크지만 평범한 사람으로, 권력을 잡기 위해 앞뒤 가리지 않는다. 파웰의 훌륭한 연작 소설 전편에 등장하는 위드머풀은 오랫동안 기억될 만한 농담이지만, 백쇼는 농담거리 외에는 아무것도 아닌 존재이기 때문에 결코 농담이 아니다.

재미있는 사실은 세인트 오빈이 에벌린 워(Evelin Waugh)가 좋아했을 법한 영국 상류 계급 출신인데도 멜로즈 연작은 미국에서 큰 인기를 끌고 있다는 점이다. 요컨대 미국 고유의 형식이 아닌 것이 미국에 수입되고 있다. 미국에서는 장편 소설이 마치 사람들처럼 하나의 독립된 개체가 되어야 하는 것 같다. 내가 볼 때 제임스 패럴(James T. Farrel)의 「스터즈 로니간」 연작과 필립 로스(Philip Roth)의 「주커맨」 연작은 예외적인 소설에 속한다. 존 업다이크(John Updike)도 래빗 앵스트롬과 헨리 벡의 내면의 삶을 몇 권 분량으로 늘리는 것이 좋겠다고 생각한 게 분명하다. 그럼에도 일반적으로 '로망 플뢰브(대하소설)'는 미국에서 발생해서 성장한 장르가 아니다. 일렬로 서 있는 버드나무처럼 대하소설이 자연스럽게 받아들여지는 나라는 영국, 그중에서도 특히 잉글랜드다.

그러나 영국의 연작 소설을 읽는 것은 여전히 만만찮은 일처럼 보였다. 그러던 중 에벌린 워의 「명예의 칼(Sword of Honour)」 3부작을 처음부터 다시 읽게 되었다. 내가 그 연작을 처음 읽은 건 오래전이다. 사람들은 워의 문장을 읽을 때 물 한 잔이 목구멍을 넘어가는 것처럼 쓰였다는 느낌을 받는데, 그 당시 나 또한 그랬다. 이번에 3부작을 다시 읽으면서 나는 예전보다 깊이 빠져들었다. 흔히 재미있다고 평가받는 앱소프와 그의 간이 변기 에피소드 — 워를 재미없는 작가로 생각하는 대부분의 사람들이 줄기차게 재미있다고 이야기하는 대목인데, 나로서는 그들이 옥외 화장실에 무슨 원수라도 진 사람들이 아닌지 의심스러울 정도다. — 가 나는 그다지 재미있지 않았고, 전반적인 내용도 노골적인 소원 성취를 다루고 있다. 하지만 이야기를 밀고 가는 힘만큼은 압도적이었다. 워는 늘, 심지어 돈을 벌기 전에도 땅을 많이 소유한 신사처럼 행동했지만 사실이 아니었다. 또 그는 자신을 유능한 군 장교로 묘사했지만 그것도 사실과 달랐다.(워는 크라우치백이라는 등장인물을 통해 저주받은 신사다움 때문에 더 유능한 장교가 되지 못했다고 인정하는 듯한데, 사실 워의 부대원들이 그를 싫어한 이유는 그의 거만한 태도 때문이었을 가능성이 더 크다. 부대원들은 그의 오만함을 혐오했다.) 몇몇 독립된 장편들과 비교할 때, 심지어 밥 먹듯이 경멸당하는 『다시 찾은 브라이즈헤드(Brideshead Revisited)』와 비교해 봐도, 「명예의 칼」은 이것저것 섞어 놓은 잡동사니처럼 보인다. 『특종(Scoop)』과 『한 줌의 먼지(A Handful of Dust)』는 뛰어난 집중력을 보여 주는 경이로운 작품이고, 『쇠퇴와 몰락(Decline and Fall)』이 보여 주는 대담한 익살 — 예를 들어 탄젠트 경의 죽음이 지연되는 대목은 웃어서는 안 되는 장면인데도 자꾸 웃음이 나온다. — 은 아무리 칭찬해도 모자란다. 그럼에도 다른 소설들이 부족해 보일 만큼 「명예의 칼」에는 폭넓은 사고가 들어 있다. 다른 소설들을 쓸 때는 자신의 보물 창고에서 신중하게 몇 가지만 꺼내 쓴다면, 「명예의 칼」을 위해서는 그동안 보물 창고에 모아 두었던 걸 전부 꺼내 쓴다.

하지만 이것은 그저 다시 읽기에 불과했다. 내가 전혀 읽지 않은 연작 소설들이 있었다. 때로는 일부만 읽은 것도 있었고, 부끄럽지만 TV 각색물을 통해서만 알고 있는 연작 소설도 있었다. 올리비아 매닝의 연작 소설 두 편, 「발칸(Balkan)」 3부작과 「레반트(Levant)」 3부작이 그런 경우였다. 1987년 BBC에서 「포춘스 오브 워(Fortunes of War)」라는 시리즈물을 방영했는데, 바로 매닝의 연작 소설 두 편을 한 편의 시리즈로 압축해서 각색한 작품이었다. 「포춘스 오브 워」가 어찌나 훌륭했던지 나는 나중에 TV시리즈의 원작이 된 두 연작 소설에 대해서 내가 알아야 할 것은 전부 알고 있다고 결론을 내릴 정도였다. 두 주인공 묘사는 완벽했다. 케네스 브래너가 연기한 기 프링글은 자신의 배낭을 가득 채운 책들의 노예가 된 나머지 늘 현실 세계를 오해하는 인물처럼 보였다. 엠마 톰슨이 연기한 기의 아내 해리엇은 보기 드문 예민함과 현실적 감각의 소유자인데, 바로 그 점이 그녀가 기와 결혼해서는 안 되는 이유를 줄곧 분명하게 보여 주었다. 하지만 두 사람은 결혼했다. 그는 쓸모없는 지성의 한 예였고, 그녀는 헛된 사랑의 한 예였다. 소설이 어떻게 이만큼 생생할 수 있겠는가?

아, 그러나 최근에 「발칸」 3부작과 「레반트」 3부작을 전부 읽었는데, TV 시리즈만큼 생생했다. 아니, 훨씬 더 생생했다. 소설은 카메라로는 담을 수 없는 이국적인 배경을 보여 주고, 기의 관점에서 보는 장면보다 해리엇의 관점에서 보는 장면을 항상 더 세밀하게 묘사한다. 낭비벽이 심한 술고래 야키모프와 소름 끼치는 핑크로즈 교수처럼 TV 시리즈에서는 극단적으로 묘사되는 조연들도 소설에서는 그들의 내면을 탐구하는 매닝의 문체를 통해 단순히 재미를 위한 역할을 넘어 매력적인 인물로 묘사된다. 작가로서 가장 눈에 띄는 매닝의 특징은 역사를 이해하는 능력이다. 영국에는 영국 해협 너머에 있는 세상을 환기시켜 줄 능력을 갖춘 여성 작가들이 항상 있었다고 해도 과언이 아니다. 19세기에 미세스 올리펀트(Mrs. Oliphant)가 쓴 피렌체에 관한 책은 여성 작가들이 쓴 그러한 장르의 수많은 책들 가운데 하나에 불과했다. 20세기 초반에 거트루드 벨(Gertrude Bell)은 사실상 자신이 건립에 힘을 보탰던 중동 국가들에 대해 상당한 분량의 책을 썼다.(이라크는 어떻게 보면 그녀가 세운 나라였다.) 1942년 리베카 웨스트(Rebecca West)는 유고슬라비아에 대해 두 권 분량으로 빽빽하게 쓴 역작 『검은 양과 회색 매(Black Lamb and Grey Falcon)』를 발표했다. 그러나 이런 책들은 모두 사실에 기반을 둔 책들이었다. 근대사를 배경으로 픽션을 쓴 작가는 여성은 물론이고 남성 중에서도 많지 않았다. 올리비아 매닝이 그 일을 한 것이다. 틀림없이 그랬을 거라고 우리는 느낀다. 즉 오늘날 우리가 극복해야만 할 운명으로 남아 있는 불안한 지역들이 그녀의 맑은 강물 같은 산문 속에 전부 들어 있다. 해리엇은 한 나라가 무너지고 연이어 다른 나라가 무너지는 상황에서도 대책 없이 낙관적이기만 한 기에게 아직 시간이 있을 때 탈출하자고 설득하면서 마음속으로 새로운 세계를 만들고, 독자는 해리엇이 마음속에서 만드는 그 세계를 인정함으로써 위안을 얻을 수 있다. 그래서 불운한 운명도 좀 더 좋은 느낌으로 다가온다.

그녀는 얼마나 탁월했을까? 매닝의 삶에 관해 읽어 볼 만한 가치가 있는 책을 쓴 이는 디어드레 데이비드(Deirdre David)로, 그녀는 매닝을 거인으로 떠받든다. 두 개의 3부작을 다 읽은 다음 디어드레 데이비드의 책까지 읽고 나면 데이비드 여사의 말에 동의할 수밖에 없다. 왜냐하면 지금도 매닝은 실력에 걸맞은 관심을 받지 못하고 있기 때문이다. 그녀는 단순한 명성 이상의 뭔가를 누릴 자격이 있으며, 그녀의 명성은 이론의 여지가 없는 사실의 반열에 올라야 한다.(레이철 쿡(Rachel Cooke)은 1950년대에 두각을 드러냈던 여성 10인의 의미를 분석한 탁월한 책 『그녀의 눈부신 경력(Her Brilliant Career)』에서 매닝에게 한 장을 할애하는 것은 당연하다는 식으로 말한다.)

매닝은 권위 있는 작가며, 그녀가 선택한 장르에서 가장 중요한 인물이다. 그녀가 「팃젠스(Tietjens)」 4부작을 쓴 포드 매덕스 포드(Ford Madox Ford), 「라지(Raj)」 4중주를 쓴 폴 스콧(Paul Scott), 「명예의 칼」 3부작을 쓴 에벌린 워, 12권짜리 「시간의 음악에 맞춰 춤을(A Dance to the Music of Time)」을 쓴 앤서니 파웰과 같은 반열에 올라 있다는 사실만으로도 연작 소설가로서 그녀의 위상이 어느 정도인지 쉽게 알 수 있다. 그녀는 로런스 더렐(Lawrence Durrell)의 「알렉산드리아(Alexandria)」 4중주와 어깨를 나란히 하는 것을 넘어, 그보다 훨씬 더 높은 위치에 있다. 50년 전에 더렐의 「알렉산드리아」 4중주는 유명했지만, 사실 당시에도 화려한 문장으로 뒤범벅된 글을 잔뜩 모아 놓은 소설로 평가받았어야 옳았다. 「알렉산드리아」를 지금 읽으면 너무 많이 익은 과일들을 모아 놓은 커다란 접시를 보는 것 같다.

그러나 몸값을 올리는 더 좋은 방법이 있다면 아마도 프루스트(Marcel Proust)의 이름을 끌어들이는 것일 터다. 프루스트는 앤서니 파웰을 이야기할 때 흔히 떠오르는 작가지만, 내겐 매닝이 프루스트와 더 관련이 있는 것처럼 보인다. 물론

이렇게 생각하는 이유는 최근에 내가 매닝의 문체가 지닌 매력에 빠져 있기 때문이라는 것을 나도 안다. 그리고 파웰을 다시 읽어 봐야 한다는 것도 안다. 하지만 대체로 매닝은 자신의 창작물을 확장해 앞으로 다가올 역사적 경향을 제시했고, 그런 점에서 프루스트가 포착한 것과 똑같은 기회를 포착했다는 점은 확실히 말할 수 있다. 프루스트가 포착한 기회란 그가 사랑한 상류 사회가 장기적인 영향을 미칠 수밖에 없는 반유대주의 정서로 얼마나 똘똘 뭉쳐 있었는지 인식한 것이었고, 매닝이 포착한 기회란 유럽이 남유럽과 동유럽의 여러 나라에서 진행한 '문명화의 사명(mission civilisatrice)'이 실패할 수밖에 없었던 이유, 즉 사람들이 생각하는 것보다 유럽 자체의 문명화가 덜 이루어져 있었다는 점을 간파한 것이었다. 두 작가 모두 최근의 과거를 충분히 조명함으로써 미래를 풍요롭게 했다. 당신이 폴 스콧을 이들과 똑같은 범주에 넣고 싶다면 반대할 생각은 없다. 「라지」 4중주에서 영국령 인도가 무너지는 것처럼 보일 수도 있으니까.

반면 에벌린 워와 앤서니 파웰의 소설은 그 바탕에 영국의 전통적인 사회 질서가 어떻게 붕괴하고 있었는지에 대한 관찰이 깔려 있었다. 한 권으로 끝나는 소설에서는 국제적으로 시야를 넓혔을지 몰라도 대작에서는 두 작가 모두 변화하는 세계보다 변화하는 고국에 더 관심이 많았다. 포드 매덕스 포드 — 앤서니 트롤럽(Anthony Trollope)과 그의 「펠리서」 연작 소설을 포함시키고 싶지 않다면, 현대의 연작 형식을 선동한 작가는 포드라고 볼 수 있다. — 에 대해서 말하자면, 그가 「퍼레이즈 엔드」 연작 소설로 거둔 효과는 1차 세계대전을 개인의 관점에서 받아들인다는 것이다. 덜 이기적이라는 관점에서 보면 그의 한 권짜리 소설 『훌륭한 군인(The Good Soldier)』이 더 좋은 책이다. 「퍼레이즈 엔드」의 팃젠스라는 캐릭터는 그야말로 작가의 소원을 실현한 캐릭터에 불과하다. 즉 진실하지 않고 혼란스러우며 아무 생각 없이 계집질을 하고 다니는 작가의 방종을 실현하고 있다. 그런 작가는 자신을 진실하고 희생정신이 강한 인물, 누구보다도 감정에 솔직한 인물로 그리고 싶어 한다.(이 점에서 팃젠스는 워가 창조한 기 크라우치백의 원조다. 즉 기는 실제 작가의 모습이 아니라 그가 되고 싶었던 사람에 대한 작가의 백일몽이다.) 매닝의 해리엇에게서는 자기 잇속만 차리는 태도를 찾아볼 수 없다. 기가 아니라 해리엇이야말로 「발칸」 3부작과 「레반트」 3부작의 주인공이다. 그리고 두 3부작을 합해 놓으면 우리가 가진 목록에 있는 모든 작품을 능가한다. 두 3부작은 저자가 세계를 있는 그대로 보고 있고, 앞으로 도래할 수밖에 없는 세계를 보고 있다는 인상을 주기 때문이다. 매닝의 작품에서는 비극적 경험이 시간의 구조 속에 스스로 깊숙이 뿌리내리고 있다. 그녀의 작품은 그때부터 지금까지 이어지고 있으며, 우리가 지금을 더 잘 견디게 해 준다.

패트릭 오브라이언과
그의 바다 냄새 나는 주인공

큰딸을 칭찬해야 할지 나무라야 할지 모르겠다. 내가 죽음을 받아들일 준비를 하고 성경 외에는 아무것도 읽지 않겠다고 다짐하고 있을 때 마치 나에게 내일이 있기라도 한 것처럼 책을 다시 집어 들도록 만든 게 바로 큰딸이기 때문이다. 큰딸은 패트릭 오브라이언(Patrick O'Brian)의 「잭 오브리」 시리즈 전작을 소장하고 있었는데, 내게 시리즈 1권인 『마스터 앤드 커맨더(Master and Commander)』를 읽어 보라고 강력하게 권하면서 영화보다 훨씬 좋다고 장담했다. 그러는 큰딸의 모습은 영락없이 공짜 샘플을 건네는 마약상이었다. 며칠 지나지 않아 나는 시리즈 2권인 『포스트 캡틴(Post Captain)』을 읽기 시작했고, 상당히 짧은 기간 동안 스무 권을 전부 읽어 치웠다. 내게 남은 시간이 정말 없다는 사실까지 잊어버릴 정도로 흥미진진한 내용이었다. 내가 상상한 잭 오브리의 이미지는 전혀 바뀌지 않았다. 내가 상상한 잭 오브리의 이미지는 정확히 러셀 크로우[7]였다. 그러나 내 마음을 사로잡은 건 오브리의 능력과 야망이었다. 급기야는 나도 바다에 나갔더라면 더 훌륭한 남자가 될 수 있지 않았을까 하는 생각마저 들기 시작했다. 아주 어릴 때, 그러니까 청소년기에는 책을 닥치는 대로 읽어 치웠지만 아직 진지한 독서는 하지 못할 때였다. 그 당시 읽은 책 중에 키플링(Rudyard Kipling)의 『용감한 선장(Captain's Courageous)』이 있었는데, 그 책을 읽을 때도 잭 오브리 시리즈를 읽을 때 느낀 것과 똑같은 느낌을 받았다. 『용감한 선장』 이후 또 그런 느낌을 선사한 책은 C. S. 포레스터(C. S. Forester)의 「혼블로워」 시리즈가 유일했다. 그런데 나는 이제 인생의 막바지에 이르러서 다시 한 번 이렇게 리더십과 극기심이 뭔지 보여 주고 위험 따위는 신경도 쓰지 않는 인물을 영웅으로 숭배하게 된 것이다. 만일 오브라이언이 자신의 목적을 위해 백일몽을 꾸고 있다는 것을 내가 감지하지 못했다면 오브리에 대한 나의 흠모는 터무니없었을 것이다. 그는 오늘의 하찮음에서 탈출해 이른바 어제의 고귀한 가치들로 이동하고 있었다. 오브라이언의 주인공은 시간 여행자였다.

그럼에도 오브리는 하찮은 인간이 되는 것을 결코 용납하지 않는다. 심지어 음악가로서도 그렇다. 그는 전투가 벌어지기 전날 밤 바이올린을 연주한다. 하지만 작가는 그의 연주 솜씨가 끽해야 열정적으로 기교를 부리는 수준이라고 우리에게 분명하게 밝힌다. 오브리는 바이올린 연주에 소질이 있지만, 그보다는 밧줄 타고 오르기를 더 잘한다. 오브라이언은 여느 작가와 달리 자신의 주인공에게 천재적 수준의 다양한 재능을 부여하지 않는다. 코난 도일(Conan Doyle)은 셜록 홈즈를 만들 때 이 탐정에게 특별한 재능들을 선사했다. 결코 틀리는

7 영화 「마스터 앤드 커맨더」에서 잭 역을 맡은 배우.

법이 없는 이 탐정은 겉으로 보기엔 따로 공부를 한 적이 없는 것 같은데도 많은 분야의 전문가였다. 베스트셀러들이 주인공을 '만능인(uomo universale)'으로 만드는 경향은 제임스 본드까지 이어졌다. 본드는 스파이가 되지 않았다면 언어학자가 됐을 것이다. 그러나 오브라이언은 오브리가 군함의 선장이 되지 않았다면 아이작 스턴[8]이 됐을 것이라고 암시하지 않는다. 이 문제에서 오브라이언이 보여 주는 자제력은 자기 수양의 중요한 결과였다. 왜냐하면 유능한 캐릭터를 슈퍼맨으로 만들고 싶은 유혹은 항상 있기 마련이니까. 존 르 카레(John Le Carre)는 조지 스마일리와 깊은 관계였지만 그를 더 일찍 버렸어야 했다. 스마일리는 『명예로운 학생(The Honourable Schoolboy)』에서 그때까지 누구도 예상치 못한 지식, 즉 고대 중국인들의 조선술에 관한 지식을 드러냈는데, 바로 그때가 그를 라이헨바흐 폭포로 던져 버릴 적기였다. 하지만 효과가 없었을지도 모른다. 셜록에겐 효과가 없었다. 그는 제거되는 것을 거부했고, 대중이 아직 그에게 싫증이 나지 않았기 때문에 다시 돌아왔다.

대중은 잭 오브리에게 결코 싫증을 내지 않았지만, 결국 오브라이언은 시리즈의 스물한 번째 책을 쓰기 시작하고 나서 죽음을 맞이했다. 따라서 우리가 가진 것은 스무 권의 「잭 오브리」 시리즈가 전부다. 내 생각에 오브리는 결국 해군참모총장 자리에 올랐을 것 같고, 그러고도 여전히 흥미로운 인물로 남았을 것이다. 하지만 오브리의 단짝 친구 스티븐 마투린에 대한 우리의 관심은 자동적으로 끝이 났다. 시리즈가 계속

8 20세기 최고의 바이올리니스트.

될수록 스티븐은 주로 갑판의 해치 아래로 떨어지거나 배의 후미에서 넘어지는 역할만 맡는다. 그는 재주 많은 내과 의사이자 모두가 꿈꾸는 선의(船醫)이지만 여전히 들러리 신세를 면치 못한다. 피터 셀러스가 연기한 클루조 형사처럼 스티븐은 단 5분도 다른 사람들과 대등한 관계를 유지하지 못한다. 예외가 있다면 느닷없이 그가 사격의 명수임이 드러날 때다. 하지만 그때조차도 배 안의 계단 아래로 곤두박질치는 바람에 정확히 맞추질 못한다. 이쯤 되면 독자는 프랑스 군함의 집중포화로 배가 흔들릴 때 그가 주갑판 밑에서 대체 무슨 수술을 하고 있을지 궁금해진다.

오브라이언은 흥미로운 여성 캐릭터를 가지고 무엇을 해야 할지 몰라도 너무 모른다. 주요 남성 등장인물들과 동등한 대접을 받는 유일한 여성은 마차 사고로 죽는다. 아니, 「잭 오브리」 시리즈는 여성 캐릭터를 위한 책이라기보다는 소년들을 위한 시리즈다. 애써 기억을 떠올려 보면 지금까지 내가 만난 오브라이언 팬의 대다수는 여성이지만, 그들은 마치 남성 팬들이 무기력함에서 잠시 벗어나고 싶어 하듯이 페미니즘에서 잠시 벗어나고 싶어 하는 게 아닌가 싶다.(물론 내 주변의 여성 오브리 전문가들 중에는 페미니즘에 대한 헌신과 항해 시대에 대한 헌신 사이에서 전혀 모순을 느끼지 않는 사람들도 있을 것이다. 그들은 견장이 달린 해군 제독의 제복을 입은 자신의 모습을 상상하기도 한다.) 그러나 만일 「잭 오브리」 시리즈가 단순히 재미만 선사하는 시리즈라고 한다면, 높은 수준의 재미를 선사하는 시리즈다. 오브라이언이 훌륭하게 꾸민 장면들 — 나는 HMS 빅토리호의 기움 돛대가 생각난다. — 이 매력적인 이유 중의 하나는 항해와 관련된 전문 용어들이 끊임없이, 풍성하게 이어지기 때문이다. 선박 왼쪽 뱃전판 밸브를 열어 배를 가라앉혀라! 그는 모든 범각삭[9]과 밧줄걸이용 막대를 정확한 명칭으로 부른다. 그가 쓰는 전문 용어의 뜻을 몰라도 크게 문제될 건 없다. 오브리는 스티븐에게 "컨트 스플라이스[10]"가 뭔지 설명해야 한다. 나도 그게 뭔지 몰랐고 지금도 모른다. 심지어 구글도 너무 쑥스러워서 그런 주제에 대해 이야기할 수 없었다. 하지만 나는 그 소금기 가득한 어휘의 유혹에 넘어가고 말았다. 모든 돛의 이름을 익히는 것은 정말 도움이 된다. 하지만 그 오래전에는 「혼블로워」 시리즈를 읽고 있을 때 모든 돛의 이름을 아는 것이 도움이 됐다.

어쩌면 나는 지금 포레스터의 「혼블로워」 시리즈를 다시 읽어야 하는 건지도 모른다. 「혼블로워」 시리즈도 영화의 이미지가 어찌나 강렬한지 책을 펼쳐 볼 필요성을 거의 느끼지 못할 정도다. 영화에서 그레고리 펙은 혼블로워 역에 딱 맞는 배우다.(버트 랭카스터가 혼블로워를 연기했다고 상상해 보라. 그는 치아를 드러내고 돛대들 사이에서 공중제비를 하는 또 다른 '진홍의 해적[11]'이 되었을 것이다.) 나는 지금까지 텔레비전에서 방영한 「혼블로워」 시리즈 전편을 몇 번이나 재미있게 봤다. 요안 그리피드(Ioan Gruffydd)에게 혼블로워 역을 맡긴 건 탁월한 선택이었다. 그의 얼굴은 뭔가 깊은 생각에 잠긴 사람처럼 보이기 때문이다. 마찬가지로 러셀 크로우도 잭 오브리 역에 잘 어

9 풍향에 따라 돛의 각도를 조절하는 밧줄.

10 cunt splice: 두 개의 밧줄을 팽팽하게 당겼을 때 고리 모양이 되도록 끝을 꼬아 묶는 것. 글자 그대로 해석하면 여자 성기를 이어 붙인다는 뜻이다.

11 「진홍의 해적(The Crimson Pirate)」은 버트 랭카스터가 주연한 1952년 영화다.

울린다. 언제 봐도 올리버 하디[12]로 변신하기 일보 직전처럼 보이는 크로우는 목이 두껍고 활력도 넘치기 때문이다. 포레스터가 혼블로워를 감수성 예민한 사상가로 만들었다면 오브라이언은 오브리를 뛰어난 실용적 사고를 갖춘 활동가로 만든다. 그렇지만 내 주변의 오브리 팬들 — 우리 집에서 수백 미터 안에 사는 사람들 중에 오브리 전작을 깔끔한 장식용 소품으로 소장한 사람들이 몇 명 있다. — 이 혼블로워와 오브리를 비교하면서 혼블로워를 깎아내리고 오브리를 칭찬할 때 나는 솔직히 화가 난다. 맞다, 그 시리즈를 뛰어난 연작 소설로 기억하고 있는 내 기억이 맞는지 확인하기 위해서라도 나는 서둘러 혼블로워 시리즈를 다시 읽어야만 한다. 내가 기억하기에 혼블로워는 그의 진급을 가로막는 연공서열 제도보다 더 설득력 있어 보이는 재능 때문에 해군 고위직에 오른 남자라는 점에서 적어도 오브리 못지않게 훌륭하다. 그리고 비록 "컨트 스플라이스" 같은 건 없지만 포레스터의 전문 용어도 그에 못지않게 세부적이고 시적이지 않은가? 시대가 다르면 기준도 달라야 한다.

12 Oliver Hardy, 20세기 초에 활동하며 많은 사랑을 받았던 미국의 코미디언.

전쟁 지도자

평생 1차 세계대전 — 전쟁이 터지고 불과 한 달 뒤에 태어난 나는 항상 그 시절이 내 학교 교육의 시작이었다고 느낀다. — 의 주요 인물들에 대한 책을 읽었지만 어찌 된 일인지 장군 데이비드 프레이저 경(General Sir David Fraser)이 쓴 전기 『앨런브룩(Alanbrooke)』을 읽을 시간은 내지 못했다. 그 책을 읽었어야 했다. 잘 쓰였을 뿐만 아니라 적절한 판단이 담겨 있기 때문이다. 적절한 판단이 중요한 이유는 숨은 주인공이 처칠이기 때문이고, 영국의 관점에서 1차 세계대전에 대한 글을 쓰는 사람이라면 비판적 식견을 가져야 하기 때문이다. 즉 처칠이 없었다면 영국은 버텨 내지 못했겠지만 처칠 한 사람에게 모든 것을 맡겨 놓았더라면 전쟁에서 패했을 것이라는 걸 알아야 한다. 처칠에겐 많은 조련이 필요했다. 많은 조련을 받지 않았으면 그는 허구한 날 헛된 계획에 시간을 낭비했을 것이다. 그리고 그를 조련한 사람들은 특별한 유형의 인간들이었다. 그들은 처칠의 정신을 존중해야 했지만 그의 무모한 계획들을 만류할 수 없다면 있을 필요가 없는 존재들이었다. 나는 아마도 이스메이 경(Lord Ismay)의 회고록들을 다시 읽을 필요는 느끼지 않겠지만 그 용기와 상식, 처칠의 군사 수석 보좌관으로서의 능력, 천재를 보좌하는 법을 배운 그 평범한 남자에 감탄해 마지않았던 건 기억난다.

프레이저의 설명에 따르면 앨런브룩은 이스메이 경과 똑같은 유형의 인물이었다. 그는 특권층이라는 배경을 등에 업고 출발하여 1차 세계대전 때는 운 좋게도 보병대 장교가 아닌 포병대 장교가 되었다. 포병대 사망률은 보병대보다 훨씬 낮았다. 인도에서는 항상 폴로 경기가 열렸지만, 앨런 브룩(그때는 앨런 브룩(Alan Brooke)이었다. 그가 앨런브룩 경(Lord Alanbrooke)이 된 건 2차 세계대전 이후다.)은 든든한 인맥 덕분에 영국에 돌아와서도 사격과 승마를 즐길 수 있었다. 영국에서 존경받는 그와 같은 귀족적 활동은 훨씬 더 많은 돈이 들었다. 유능한 데다 사교적이기까지 한 그는 고위직을 향해 착실하게 단계를 밟아 올라간 끝에 마침내 참모 총장이 되었다. 그가 참모 총장이 된 시기는, 마침 나치의 잔혹 행위와 처칠의 열정이 만나 치명적인 결과를 초래할 수 있는 가능성으로부터 나라를 구하는 데 힘을 보태야 할 시기였다. 냉철하고 논리적인 연설가 — 유일한 단점이라면 특히 미국인들을 대상으로 연설을 할 때 말을 너무 빨리 한다는 것이었다. — 였던 그는 겁도 없이 처칠을 엄중히 타이르곤 했다. 자기 자리를 잃는 것을 두려워하지 않는다면 부하가 상관에게 겁 없이 반박하는 것은 도움이 된다. 자기 자리를 잃는 것을 두려워하지 않는 자세는 부유한 집안에서 자라 고위직에 오른 사람들이 가진 유리한 점이다. 평소 같으면 상류층 사람들을 의심하는 미국인들조차도 브룩에게는 깊은 인상을 받았다. 물론 그들은 브룩의 직함[13]에 들어 있는 'Imperial(제국)'이라는 단어를 싫어했다. 하지만 영국인과 미국인들은 미래를 위한 계획을 놓고 당분간은 심한 의견 차이를 보이지 않았다. 지금 당장 그들은 전우였으며, 공격 개시일을 한 남자의 승리로 간주할 수 있다면 그 남자는 앨런 브룩이었다. 아이젠하워와 몽고메리[14]가 손을 잡으며 일촉즉발로 치달을 수도 있었던 가능성이 그야말로 가능성에 그치고 만 것은 바로 브룩 덕분이었다.

브룩이 뛰어난 직언가일 수 있었던 비결 중 하나는, 집무실에서는 항상 극도로 말을 아꼈지만 즉흥적으로 이루어지는 대화엔 달인이었다는 점이다. 그는 만찬 석상에서 그러한 비결을 발산해 참석한 모든 이를 매료시켰다. 그는 영어로 말하기 전에 프랑스어로 먼저 말했는데, 덕분에 무시당할까 봐 늘 경계를 늦추지 않던 프랑스 망명 정부 지도자들의 마음까지 누그러뜨릴 수 있었다. 최고의 달변가라고 해서 반드시 다른 사람 흉내를 잘 내야 하는 건 아니지만, 놀라울 정도로 많은 달변가들이 다른 사람 흉내를 잘 낸다.(내겐 남을 흉내 내는 재주가 손톱만큼도 없지만, 그런 재주가 있었으면 좋겠다.) 세간의 평에 따르면 브룩은 다른 사람 흉내를 완벽하게 냈다고 하는데, 직접 들어 보지 못해 아쉬울 따름이다.

그 대신 나는 피터 보그다노비치(Peter Bogdanovich)와 같은 테이블에 앉는 행운을 누린 적이 있다. 그는 다른 사람 흉내를 워낙 똑같이 내서 굳이 다른 재미있는 얘깃거리를 꺼낼 필요도 없다. 그 자신이 재미있는 사람이며, 설령 그렇지 않

13 당시 참모 총장은 영어로 'Chief of the Imperial General Staff'이었다.

14 2차 세계대전 당시 유럽 총사령관.

더라도 당신은 그에게서 눈길을 떼지 못했을 것이다. 킹슬리 에이미스(Kingsley Amis)는 흉내의 천재였다. 나는 그가 말년에 이야기하는 것을 여러 번 들었기 때문에 필립 라킨(Philip Larkin)이 한 얘기를 충분히 믿을 수 있다. 두 사람이 옥스퍼드에서 처음 만났을 때 킹슬리가 진짜 총과 똑같은 소리를 내면서 총싸움을 벌였다는 그 얘기 말이다. 킹슬리의 아들 마틴도 흉내를 잘 내지만, 내가 알기로 마틴은 기자들 앞에서는 흉내를 낸 적이 없다. 현명한 처사다. 누구 흉내라도 냈다간 기자들이 그걸 증거로 들이밀며 다중 인격 운운하며 수많은 기삿거리를 만들어 낼 테니까. 나는 예전에 2주에 걸쳐 멜 깁슨에 대한 TV 특집을 촬영한 적이 있는데, 그는 유성 영화 시대 이후 유명 남자 배우들의 목소리를 "흉내" 내는 능력을 조금이라도 드러내 보고자 하는 우리의 시도에 말려들지 않았다. 다른 사람의 목소리를 흉내 내는 그의 재주는 자신의 친구들 사이에서는 유명했지만 카메라 앞에서는 그 신기한 능력을 보여 주려 하지 않았다. 물론 그가 옳았다. 공인으로 살아가는 비결의 절반은 이미지를 흐리지 않는 것이다. 깁슨은 보드빌[15]의 장기 자랑이 아니라 배우로 기억되길 원했다. 마찬가지로 앨런브룩도 군인으로 기억되길 원했다. 2차 세계대전 때 병력과 자금도 부족한 데다 탱크만 만들면 늘 하자가 발생하던 영국에 앨런브룩 같은 고위 장교들이 있었다는 것은 행운이었다. 영국 역사에서 마지막으로, 그러나 가장 결정적인 시기에 전통적인 군대의 계급이 제 역할을 다한 것이다. 그러나 한 가지 덧붙여야 할 사실은, 포클랜드 전쟁 때 영국군을 능숙하게

15 희극 배우·가수·댄서·곡예사·마술사 등이 출연하는 쇼.

이끈 것은 "공립 학교 출신의 소년들"이었다는 점이다. "공립 학교 출신의 소년들"은 브리튼 전투 때 처칠이 만든 구호였다. 그는 미래를 내다봤고, 그들이 제 역할을 할 것이라고 예상했다.

그러나 2차 세계대전 때 공군을 제외한 영국군의 고위직은 상류층 출신들이 차지했다.

그러한 사실을 감안하더라도, 미국이 그렇게 순순히 영국과의 동맹을 받아들인 것은 여전히 주목할 만하다. 긴밀한 유대는 대부분 처칠과 루스벨트 사이에서 이루어졌지만 결정적인 유대는 그 아래 단계에서 이루어졌고, 바로 그 단계에서 전형적인 미국인 조지 마셜과 전형적인 영국인 앨런 브룩이 서로 멱살잡이를 하는 대신 머리를 맞대고 전략을 의논할 수 있었던 것이야말로 행운이었다. 운 좋게도 미국이 '독일부터 처리하자.'라는 전략의 필요성을 느낀 덕분에 두 나라는 어렵지 않게 손을 잡을 수 있었다. 영국 역시 '독일 먼저' 전략을 구상하고 있었기에 미국을 따로 설득할 필요가 없었던 것이다. 그러나 대서양 양쪽에서 동시에 가동된 합동 사령부는 그와 관련된 주제의 책들을 읽어 보고 싶은 욕구를 자극한다. 이 합동 사령부는 막상 일이 닥쳤을 때 민주주의 국가들이 무엇을 할 수 있는지 보여 주기 때문이다. 최근에 나는 앤드루 로버츠(Andrew Roberts)의 『마스터스 앤 커맨더스(Masters and Commanders)』를 읽고 있는데, 이 주제(거의 모든 군사 역사학자들이 시도해 본 주제)에 관해 최고의 책이 아닐까 생각한다. 이 책이 가진 많은 미덕 중에서 가장 중요한 건 저자가 네 명의 주인공을 흥미진진한 인물로 만드는 법을 알고 있다는 것이다. 이 책에는 처칠, 루스벨트, 마셜, 브룩이 모두 등장하는데,

적어도 그중 세 명은 당신이 생각한 것보다 더 낯설게 행동한다. 하지만 만일 히틀러와 도조[16]가 위의 네 사람이 한 것처럼 한 팀을 꾸렸다면, 세계는 아마 사라졌을 것이다.

16 진주만의 미국 함대를 기습해 태평양 전쟁을 일으킨 일본의 군국주의자 도조 히데키(1884~1948)를 가리킨다. 나중에 일본 수상이 되었다.

세발트와 공중전

나는 W. G. 제발트(W. G. Gebald) 숭배자로서 걸작 『아우스터리츠(Austerlitz)』를 포함해 종종 복잡하게 전개되는 그의 모든 대표작을 훤히 꿰고 있다. 그러나 나치 독일에 맞선 연합군의 공중전에 대해 쓴 그의 작은 책은 한 번도 읽어 보지 않았다. 내가 그 책을 읽지 않고 뒤로 미뤄 둔 건 서평들 때문이었다. 심지어 그 책을 칭찬하는 서평조차도 그 책의 주제에 담긴 근본적인 어리석음이 무엇인지 아주 훌륭하게 설명했다. 제발트에 따르면 전후 독일 문학은 폭격이라는 주제를 정면으로 다룬 적이 한 번도 없었다. 거기까지는 맞는 말일 수 있지만, 제발트는 거기서 그치지 않고 폭격이라는 주제가 독일의 국민 의식에서 빠져 있다고 주장했다. 나는 항상 국민 의식이라는 것이 진지한 글보다는 별로 진지하지 않은 글을 통해 형성된다는 생각을 가지고 있는 사람이라서 지금까지 제발트의 그 책에 손이 가지 않았다. 그가 아무리 위대한 작가라 하더라도 짚 없이 벽돌을 만들려고 하는 작가가 쓴 책을 읽는데 시간을 들일 필요가 있을까?

그러나 결국 그 책은 내게 와서 내 마음을 빼앗았다. 케임브리지 시장 휴의 노점 헌책방에 얇은 피셔 문고본이 놓여 있었다. 돈을 내고 집에 가져오기 전부터 이미 나는 『공중전과 문학(Luftkrieg und Literatur)』에 깊이 빠져 있었다. 제발트의 책답게 매우 강렬한 글이었다. 사물과 풍경에서 역사적 의미를 짜내는 그의 방식 — 지금은 에드먼드 드 월(Edmund de Waal)의 『황색 눈을 가진 토끼(The Hare with Amber Eyes)』 같은 베스트셀러에 스며든 방식 — 은 언제나 그렇듯 매혹적이었다. 그러나 그 책의 기본 개념은 제발트답지 않게 깊이가 없었다. 그는 심지어 전후 독일의 젊은 남성 독자 세대가 자라면서 진지한 문학과는 사뭇 다른 자료에서 공중전에 대한 모든 것을 배웠을 수도 있다는 사실을 고려하지도 않았다. 그는 독일에서 자랐지만 — 1944년에 태어난 그가 영국으로 이주한 건 1965년이다. — 당시 독일인들이 어린 시절과 청소년기에 읽던 진지하지 않은 문학은 많이 읽지 않은 것 같다. 그들이 읽던 진지하지 않은 문학에서 공중전은 두드러진 주제였다. 전쟁 이야기를 소개하는 잡지는 도서관에 비치되는 일이 좀처럼 없었지만, 그런 잡지에는 독일의 야간 요격 전투기 조종사들이 독일 도시들을 파괴하기 위해 온 영국 공군의 사발 엔진 폭격기에 맞서 공중전을 벌이는 기사가 환상적인 일러스트와 함께 실려 있었다. 비록 싸구려 대중 잡지였지만 그 안에 실린 내용은 사실이었고 독일의 어린 남자애들 — 여자애들은 아니었을 것이다. 러시아 사람들을 제외하면 어느 나라에서나 공중전은 남자의 세계였다. — 은 나와 똑같은 방식으로 전쟁에 대한 글을 처음 접했다. 나는 오스트레일리아에 있을 때 피에르 클로스터만(Pierre Clostermann)의 『하늘의

회염(Flamcs in the Sky)』 같은 부류의 책들을 많이 읽었다. 독일 아이들은 지나치게 미화된 야간 전투기 조종사들의 이야기를 읽었는데, 대표적인 인물은 하인츠 볼프강 슈타우퍼 소령(Major Heinz Wolfgang Schnaufer)이었다. 그가 영국 공군의 폭격기를 121대나 격추시켰다는 얘기가 있지만 신빙성은 거의 없다. 『전쟁터의 독일 공군』 같은 싸구려 제목이 붙은 책들은 영어권 국가의 어린 전쟁광들에게 유럽에서 어떤 공중전이 벌어졌는지 보여 주었다. 아마도 제발트를 제외한 내 또래 독일인들은 그런 책들을 봤을 터다. 수백 장의 사진 밑에는 영어 대신 독일어 설명이 달려 있었을 것이다. 그런 설명 중에는 이따금 사실에 근접한 쓰레기도 있었지만 많은 경우 전문가적인 설명이 달려 있었다. 그 모든 대중 잡지와 화려한 사진들을 한데 모아 놓으면 하나의 정보 시스템이 구축되었다. 이 정보 시스템은 어린 지식인들이 훗날 제대로 판단할 수 있는 준비를 하는 데 도움을 주었다. 제발트가 그런 잡지를 많이 봤다면 그 속의 정보를 바탕으로 뭔가를 만들어 낼 수도 있었을 것이다. 하지만 그는 오로지 진지한 책에만 관심이 있어서 아무리 유익한 내용이 담겨 있어도 시시껄렁한 잡지에는 아예 눈길조차 주지 않았던 모양이다. 결국 공중전을 다룬 제발트의 책은 역사적 사실이 빈약하다는 한계를 드러내고 말았다. 그가 『아우스터리츠』에서 리버풀 역에 바치는 위대한 칸타타를 쓸 수 있었던 이유는 책상 앞에 앉아 펜을 들기 전에 눈을 크게 뜬 젊은 관찰자였던 시절로 돌아갔기 때문이다. 그 주제에 대해서 어린애 같은 짓을 하고 그 주제의 팬이 되었기에 그는 성숙한 글을 쓸 수 있었다. 그러나 공중전에 대해서 그는 그만큼 깊은 배경지식을 가지고 있지 않았다.

나는 케임브리지 시장의 헌책방에서 초등학생들이 볼 법한, 삽화가 들어간 큰 판형의 전쟁 도서 한 권을 집어 들었다. 그 책은 설명에 그림이 섞인 책으로 볼 수도 있고, 설명이 들어간 그림책으로 볼 수도 있다. 1933년부터 1945년 사이의 독일 공군을 설명해 준다는 그 책의 제목은 『히틀러의 독수리들』로, 호감이 가기 힘든 제목이었다. 게다가 저자의 이름을 보고는 더더욱 기대를 접었다. 크리스 맥냅(Chris McNab), 그는 마치 오토바이에 대한 그림책을 쓸 수도 있다고 말하는 것 같았다. 그러나 그 자리에서 책장을 겨우 몇 장 대충 넘겨 봤을 뿐인데도 『히틀러의 독수리들』이 전문가의 작품이라는 걸 대번에 알 수 있었다. 그래서 나는 자신과 한 약속 — 더 이상 그림책은 안 돼. — 을 깨고 『히틀러의 독수리들』을 들고 집에 왔다.

내가 예전에 봤던 독일 비행기와 조종사들 그림은 대부분 나치 잡지 《시그널(Signal)》에서 본 것들이었고, 그 잡지에서 뜯어 스크랩해 둔 그림들은 가장 최근에 책들을 정리한 후에도 내 책꽂이에 여전히 꽂혀 있다. (말이 나온 김에 말하자면, 내가 그런 잡지를 가장 많이 구입한 곳은 프리드리히슈트라세 지하철역의 아치형 구조물 아래 있는 헌책방들 가운데 한 곳이었다. 베를린에 머물 때마다 들르곤 했는데 아픈 뒤로는 못 가고 있다.) 유독 베르너 하트만(Werner Hartmann)을 찍은 사진이 굉장히 많았다. 그는 독일 공군의 에이스 중의 에이스로, 352대라는 믿기 힘들 만큼 많은 적기를 격추시켰고, 격추는 대부분 동부 전선에서 이루어졌다. 이제는 하트만뿐만 아니라 동료 조종사들의 모든 사진까지 어딘가에서 볼 수 있고, 아마 Me262 제트 전투기들이 나치 독일의 마지막 연료 한 방울까지 다 써 버리면서 활주

로를 이룩하는 사진 중에 지금까지 보지 못했던 사진은 더 이상 없을 것이다. 그러나 『히틀러의 독수리들』의 본문은 관찰과 판단, 정확한 세부 정보로 가득하며 그러한 것들은 언제 봐도 새롭다.

야간 요격 전투기들에 관한 장(章)을 보면 전쟁이 막바지에 이르렀을 때 미국 폭격기에 맞서기 위해 대낮에 야간 요격 전투기가 총동원되었지만 결과는 충격적인 패배였다는 내용이 나온다. 레이더 장비와 안테나 무게 때문에 독일의 야간 요격 전투기들은 미국의 장거리 주간 전투기들의 손쉬운 먹잇감이었다. 독일 자료를 검토한 맥냅은 영국 공군의 야간 공습을 위해 목표물을 표시하는 임무를 띤 조명탄 투하 비행기들 중에서 선두에 선 비행기의 별명이 "제레모니엔마이스터[17]"라는 사실을 알고 있다. 더 진지한 역사책에서는 이런 세세한 정보가 부족하다. 그런 책의 저자들은 기계에 흥분을 느끼지 못한다. 기계에 관한 지식은 '꼬맹이 남자아이들의 지식'이라고 부를 만하다. 이제 늙어서 죽을 준비를 하고 있는 우리 세대가 자랄 때는, 사진 속의 비행기 이름을 댈 수 있는 꼬맹이 남자아이들이 주변에 항상 있었다. 그러나 꽤 오랫동안 정보와 통신을 책임지는 새로운 세대는, 사진 속의 비행기 이름을 알지도 못하고 그런 것에 관심도 없다. 이것은 불가피한 변화다. 내가 방송 작가로 일하던 시절에는 텔레비전 다큐멘터리를 쓴 작가가 내레이션까지 맡았는데, 젊은 자료 조사원들은 엉뚱한 비행기가 엉뚱한 장소에 폭탄을 떨어뜨린 장면 때문에 내가 그토록 불안해하는 이

17 Zeremonienmeister: 독일어로 행사 사회자를 뜻한다.

유를 이해하지 못했다. 그들은 비행기가 어딘가에 폭탄을 떨어뜨렸다는 사실이 중요하지 이름은 중요하지 않다고 주장했다. (마찬가지로 그들은 엉뚱한 탱크가 엉뚱한 전쟁에서 엉뚱한 길로 잘못 접어드는 장면을 보면서 내가 뚜껑이 열렸을 때도 마찬가지로 '대체 왜 저렇게 난리지?'라는 표정을 지었다.) 보나 마나 그들은 시간이 흘러도 그것이 왜 중요한지 결코 이해하지 못했을 것이다. 배기관만 달려 있지 않다면 영화 속에서 엉뚱한 로마의 전차들이 질주하더라도 내가 크게 개의치 않는 것과 마찬가지로.(알다가도 모를 일은, 역사적 세부 사항은 적당히 처리하고 넘어가기로 유명한 할리우드가 무기를 진짜와 똑같이 만드는 일에는 늘 광적으로 집착했다는 것이다. 미술 담당 부서는 관련 지식의 소굴이었다. 그와 같은 지식은 시대착오적인 대화였으며, 영화의 장면이 잘 묘사되기만 한다면 영화 제작사의 실력자들은 그런 문제에 신경 쓰지 않았다.) 그건 그렇고, 나치 독일에 맞선 공중전에 대해서 독일인들이 잘 몰랐다고 제발트는 주장하는데, 그의 작은 책 표지에 실린 한 장의 사진은 제발트 역시 공중전에 대해서 잘 모르고 있음을 말해 준다. 만일 그가 직접 그 표지 사진을 써도 좋다고 허락했다면 그는 잘못된 사진을 허락한 셈이다. 잘 보면 불타 버린 독일 의회 의사당 위를 저공비행하는 쌍발 비행기들은 미국 폭격기도 영국 폭격기도 아니다. 그 비행기들은 전쟁이 정말 최후의 순간에 다다랐을 때 마침내 베를린 상공에 모습을 드러냈던 러시아 비행기들이 거의 확실하다. (그 특정 이미지에 친숙한 사람은 표지 사진에서 뒤로 한 발 물러서면 전경에 러시아 탱크가 한 대 서 있다는 것을 안다.) 러시아 공군은 주로 전쟁터에서 사용되는 전술 무기이므로 제발트가 설명하는 독일에 대한 연합군의 공습에는 사실상 포함

되지 않았다. 그러나 출판사의 디자인 부서는 항공기의 차이를 모르는 젊은 사람들로 가득했다. 주문 제작한 오토바이의 역사에 관한 그림책을 수집하는 캘리포니아의 기계광들 말고는 항공기의 차이를 아는 사람을 거의 찾아보기 힘든 날이 올 것이다. 나는 그런 세상이 온다는 사실에 대해 우리가 감사해야 한다고 생각한다.

상상 속의 비행접시

2차 세계대전에 대한 확실한 정보를 담고 있는 책이 눈에 띄기만 하면 나는 그 책의 저자가 아무리 무의식중에 저널리스트적 편견에 빠져 있다 하더라도 그냥 한쪽에 내팽개쳐 두기가 힘들다. 뭔가 대단히 중요한 사실을 놓칠까 봐 너무나 두렵기 때문이다. 제임스 루카스(James Lucas)는 『제3제국 최후의 날들(Last Days of the Reich)』에서 전쟁이 끝나고도 계속된 잔학 행위에 대해서 쉽게 접하지 못했던 끔찍한 이야기를 들려준다. 소련의 통제를 받던 몇몇 나라의 주민들 혹은 빨치산들은 이제 상황이 역전되니까 자신들이 붙잡은 독일 민간인들에게 전쟁 때 독일군이나 러시아의 나치 친위대가 저지른 행위에 버금가는 잔혹 행위가 중부 유럽에도 있을 수 있음을 보여 주려고 노력했다. 수천 명에게 모진 괴롭힘을 당하다가 목숨을 잃은 희생자들은 무고한 민간인이었지만, 가해자들은 어떤 민간인도 무고하지 않다는 원칙에 따라 움직이고 있었다. 2002년에 세상을 떠난 제임스 루카스는 전쟁의 다양한 측면에 대해 그다지 중요하지 않은 책들을 쓴 저자였다. 그가 쓴 책들은 유용하긴 하지만 꼭 읽어야 하는 책들은 아니었다. 그러나 『제3제국 최후의 날들』은 거의 필독서가 될 뻔했다. 다만 저자가 사실과 신화를 구분하지 못한다는 점이 드러났다. 그는 휘발유가 고갈되기 직전 단계에 독일 항공기 산업이 시속 2900킬로미터로 날 수 있는 비행접시를 개발했다고 전한다. 선정주의적인 쓰레기를 감별하는 전문가들은 예전에 이 비행접시를 만난 적이 있을 것이다. 독일 비행접시는 1970년에 세계적인 베스트셀러가 된 로버트 정크(Robert Jungck)의 『천 개의 태양보다 밝은(Brighter than a Thousand suns)』에 얼굴을 내밀었다. 정크가 독일 비행접시에 대해 모든 것을 알고 있기라도 한 것처럼 말이다. 흥분한 기자들은 항공 전문가들에게 만일 독일이 그런 초고속 비행접시를 정말로 개발했다면 전쟁이 끝나자마자 미국이나 소련에서 똑같이 따라 만들었을 것이라는 얘기를 들어야 했다. 전쟁에서 승리한 뒤 이미 군사 패권을 차지하기 위한 경쟁에 돌입한 두 초강대국은 독일 항공기 산업 전문가들과 서류를 전부 자기 나라로 가져간 상태였다. 게다가 비행접시를 추진하는 엔진이 없는 한 비행기가 그렇게 비약적으로 발전할 수는 없었을 것이다. 물론 그런 엔진은 없었고 그런 엔진을 만들 가능성도 없었다. 기타 등등. 일반적으로 미디어의 신화를 깬다는 건 어려운 일이지만 이번만큼은 사실들이 워낙 강력해서 미디어의 근거 없는 믿음마저 깨트렸다. 예나 지금이나 2차 세계대전은 판타지를 자극하는 잠재적인 요소다. 실제로 2차 세계대전에 참전한 사람들 중에는 누가 봐도 불가능한 일들을 사실이라고 믿게 된 사람들이 있었다. 고어 비달(Gore Vidal)은 원자 폭탄이 떨어지지 않았다면 일본으로 쳐들어갔을 미국 군인 중 한 명이었을 것이다. 그럼에도 그는 죽는 날까지 일본을 속여 전쟁에 끌어들인 건 루스벨트 대통령이라고 믿었다. 일본의 많은 극우파 광인(狂人)들은 비달이 자신들의 주장에 힘을 실어 줘서 기뻐했지만 비달의 생각은 정말 눈곱만큼도 근거가 없었다. 과학자들에 따르면 비달의 가설은 잘못일 수조차 없을 정도로 순 엉터리였다.

서구인의 눈으로

난데없이 나는 『서구인의 눈으로』를 다시 읽고 있다. 콘래드의 전작을 다시 읽는 일은 없으리라고 다짐했지만, 평생을 그가 예언한 세계에서 살고 난 후 마침내 나는 그를 읽을 준비가 됐다는 걸 깨닫는다. 그가 한 예언의 대부분은 『서구인의 눈으로』에 압축되어 있다.

유럽의 비극인 1차 세계대전이 터지기 전, 러시아 혁명의 혼란이 닥치기 전, 민주주의의 자유를 누리기 위해 스위스 제네바에 모인 러시아인들 — 그들이 사는 구역은 '작은 러시아(Le Petit Russie)'라고 불린다. — 은 곧 그들이 태어난 땅을 뒤덮을 다양한 비극적 운명을 이미 지니고 있다. 책은 앞으로 어떤 공포가 다가올 것인지 설명한다. 실제로 등장인물 가운데 몇 명은 노골적인 테러리스트다. 하지만 책에 등장하는 급진주의자들 가운데 대다수는 많은 이론에 대해 이야기를 나누면서도 아직은 좀처럼 행동에 뛰어들지 않는다. 그리고 멀찍이 떨어져 있는 게 좋다는 것을 알 정도의 분별력도 없어서 언젠가 희생자가 되고 말 등장인물들도 있다. 귀족과 부르주아

계급인 그들은 자신들의 조국이 제공해야 하는 최악의 일을 황제의 폭정이라고 생각하는 경향이 있다.

사실 그들은 이상주의자다. 콘래드는 급진주의보다 이상주의를 훨씬 더 경계한다. 그가 볼 때 급진주의의 논리적 귀결점은 공포 정치이지만, 이상주의는 공포가 생겨나도록 길을 터 주는 정신 착란이다. 콘래드의 독창성은 낡은 전제 정치에 대한 자신들의 반란이 합리적이라고 생각하는 사람들에 의해 새로운 전제 정치가 탄생할 수 있음을 꿰뚫어 본 데 있었다. 따라서 그의 글은 소련에서 벌어질 일에 대한 예언처럼 보인다. 그가 나치의 독재를 예측하지 못한 건 비이성이 스스로 정권을 조직할 수 있는 힘을 가지고 있음을 과소평가했기 때문이다. 하지만 그때는 나치 독재의 하수인들 말고는 그 누구도 나치의 독재를 예측하지 못했다. 그리고 어쨌거나 단순한 예측은 그가 할 일이 아니기도 했다. 그가 할 일은 날카로운 역사 인식을 바탕으로 한 정신 분석이었다. 『서구인의 눈으로』가 가치 있는 이유는 그의 예언이 실현되었기 때문이 아니라 그 당시에도 그의 예언이 사실처럼 들렸기 때문이다. 지금 우리는 그 깊고 슬픈 어조를 더 잘 들을 수 있다.

반영웅적 주인공 라주모프는 또다시 로드 짐을 떠오르게 한다. 이 책의 짐은 상트페테르부르크에서 누군가를 죽음으로 몰아넣고, 지금은 스위스에서 자기 때문에 죽은 사람의 여동생과 사랑에 빠지지만 차마 그 사실을 그녀에게 털어놓을 수 없는 딜레마에 직면한다. 이 멋진 여인은 나탈리아 하딘으로, 오페라의 여주인공 같은 매력을 발산하지만 신성하다고 할 정도로 예민한 인물이다. 하지만 그녀는 이상주의자다. 결말에서 그녀는 조국에 도움이 되기 위해 러시아로 돌아간다. 콘래드가 이 책을 출간한 1911년은 러시아 혁명까지 아직 6년이나 남아 있을 때였지만, 그는 서로 충돌하는 모든 세력을 이야기에 담았고 그런 충돌에 따른 미래까지 담았다. 훌륭하고 바람직한 모든 것의 살아 있는 통합체인 그 완벽한 소녀는 자신의 우수한 자질이 용서받지 못할 직책을 향해 간다. 혹은 우리는 이렇게 생각한다. 즉 콘래드와 그에 비길 만큼 위대한 극소수의 작가들이 우리에게 역사가 무엇인지 보여 주고 나서, 역사는 우리에게 그렇게 생각하게 한다고 말이다. 『서구인의 눈으로』는 결말에 이르기까지 시간이 조금 오래 걸리지만 오늘날 독자들은 책 앞부분의 '저자의 말'을 건너뛰어서는 안 된다. 콘래드는 사악한 고문자 네카토르를 이렇게 묘사한다. "폭력주의의 황무지에 핀 완벽한 꽃. 그를 다룰 때 가장 힘들었던 점은 그가 저지른 끔직한 행위가 아니라 그의 평범함이었다." 훗날 한나 아렌트(Hannah Arendt)가 아돌프 아이히만[18]에 대해 이와 거의 똑같은 말을 한다. 그러나 그녀는 아돌프 아이히만이 저지른 극악무도한 행위보다 그의 평범함에 더 주목하는 실수를 범했다. 만일 콘래드가 그때까지 살아 있었다면 한나 아렌트에게 물이 수소와 산소로 이루어져 있듯이 악(惡)도 극악무도한 행위와 평범함, 이 두 가지의 결합으로 완성된다고 얘기해 주었을 것이다. 물론 극악무도한 행위와 평범함, 이 두 가지 중에서 하나가 더 묘사하기 힘들겠지만.

18 Adolf Eichmann(1906~1962): 나치 독일 당시 친위대 장교.

시간의 제왕, 앤서니 파웰

20세기 영국의 연작 소설 가운데 몇 작품을 다시 읽고, 올리비아 매닝의 3부작 두 편을 이제야 처음으로 읽고 나서 그녀의 위대함을 깨달았다. 하지만 앤서니 파웰을 다시 읽을 생각은 없었다. 「시간의 음악에 맞춰 춤을」 연작에 대한 내 의견은 거의 완벽하기 때문에 수정할 필요가 전혀 없다고 나는 생각했다. 내 기억에 파웰의 연작은 거의 처음부터 끝까지 읽는 이를 빠져들게 하지만 결말에 가서 갑자기 시들해져 버린다. 그리고 심지어 초반부터 아주 사소한 사건 하나까지도 그 안에 담긴 미묘한 점들을 뽑아내는 특유의 기법이 도가 지나칠 정도로 너무 자주 무리하게 사용되고 있다는 증거도 있었다. 연작의 절반에 해당하는 시간 동안은 수고를 들여 그러한 사건들을 숙고하고 반성할 만한 가치가 있어 보인다. 하지만 나머지 절반에 해당하는 시간 동안 아주 비중이 작은 인물이 겪는 사소한 사건과 그 사건이 미치는 영향에 대해서까지 몇 페이지에 걸쳐 지루하게 늘어놓는 것은 공연한 야단법석이라고까지 할 수는 없어도, 그다지 필요하지 않은 일을 놓고 벌이는 쓸데없는 짓이 틀림없어 보인다. 그리고 명료한 글도 하도 문장이 길게 이어지는 바람에 의미가 혼란스러워질 때가 있다.

나는 이 모든 것을 잘 기억하고 있다고 생각했다. 그런 데다 나는 전에 살던 집에서 이사를 하다가 펭귄 출판사에서 나온 귀한 열두 권짜리 전집을 분실해 버리고 말았다. 오스버트 랭카스터(Osbert Lancaster)가 표지 그림을 그린 전집이었다. 또 다른 집에 네 권짜리 미국판 하드커버가 있었지만, 늘 그렇듯이 존경심을 지나치게 표현하는 미국인들이 만든 하드커버 전집은 부피가 너무 커서 한 권도 기차에 들고 타기가 힘들었다. 그 바람에 미국판은 파웰이 제공하는 큰 즐거움 가운데 하나를 앗아 갔다. 즉 기차 2등칸에 앉아 여행하면서 1등칸에 앉아 여행하던 사람들에 대한 이야기를 읽는 즐거움을 앗아 간 것이다.

그래, 파웰은 내 기억 속에서 쉬게 내버려 두자. 하지만 당신은 그다음에 무슨 일이 벌어졌는지 짐작할 수 있을 것이다. 이번만은 판매대에 1차로 진열되는 책들을 놓치지 않기 위해 오전 일찍 휴의 헌책방에 도착했다. 책들은 책등이 보이게 꽂혀 있었고, 그중에 마크 복서(Mark Boxer)가 표지 그림을 그린, 만다린 출판사에서 나온 「시간의 음악」 문고본 열두 권이 전부 있었다. 복서의 모든 친구들과 마찬가지로 나 역시 그가 때 이른 죽음을 맞이한 뒤로 그가 몹시 그리웠다. 그는 예전에 내 책 몇 권에도 삽화를 그려 준 적이 있었다. 그 결과에 대해서는 찬사를 늘어놓지 않는 편이 좋겠지만, 나는 그와 함께 작업하는 것을 큰 영광으로 여겼다. 그리고 파웰에게는 복서가 찰떡궁합이었다. 왜냐하면 파웰은 사회적 기호에 대단히 조예가 깊었는데, 복서도 마찬가지로 사회적 기호에 훌륭하게 초점을 맞추었기 때문이다. 사실 복서는 오스버트 랭카스터 못지않게 훌륭한 능력의 소유자였지만 랭카스터와 파웰은 가까운 친구 사이였다.(펭귄 출판사의 편집자들이 어리석게도 재판에서 랭카스터의 표지 그림을 버리고 싶어 하자 파웰은 가소로움과 경멸을 담아 윗입술을 비죽거렸다.) 마크 복서는 파웰과 랭카스터보다 훨씬 나중에 태어났기 때문에 전쟁 이전에 축적된 그들의 경험을 공유하지는 못했지만, 상상의 나래를 펴 과거로 돌아가는 법을 알았다. 내 생각에 파웰의 연작을 사랑하는 독자라면 만다린에서 나온 열두 권짜리 문고본이 잘 읽힐 뿐만 아니라 멋있어 보이기도 한다는 사실을 알 수 있을 것이다.

「시간의 음악」 만다린 문고본이 정말이지 잘 읽힌다는 사실을 곧 다시 알게 됐다. 열두 권을 사 들고 집에 와서 한 권씩 차례대로 읽기 시작했기 때문이다. 나는 파웰의 인생 말년에 그를 잘 알고 지냈기에 자신 있게 말할 수 있다. 그는 길었던 여름의 뜨거운 열기가 서서히 수그러들 무렵 내가 정원 테라스에 앉아 그의 작은 책들을 사탕이나 포도를 담는 접시로 써 버리는 진정한 물리적 경험을 즐겨도 괜찮다고 생각했을 것이다. 오스트레일리아 사람인 내가 영국을 사랑하는 건 그러한 시간뿐이다. 그러한 시간에는 고향이 떠오르지만, 그렇다고 내가 고향을 떠난 게 잘못이었다는 생각이 들 정도로 심하지는 않다. 파웰을 읽고 있으면 그런 생각이 떠오른다. 그는 지나가는 시간의 의미를 잘 포착한다. 그가 전달하고자 하는 메시지의 핵심은 시간이라는 것이 실제로 지나가는 게 아니라 황홀경과 재난이 그러하듯이, 어쩌면 그보다 훨씬 깊이 당신이 지닌 생각의 구조 속에 통합된다는 것이다.

이렇게 최근에 파웰을 다시 읽고 나니까 새롭게 발견한

올리비아 매닝을 당연히 존경하지 않을 수 없었다. 그녀는 훌륭하다. 하지만 그보다 더 훌륭한 건 파웰의 식견이다. 등장인물들이 시간을 통해 계속해서 서로 만나는 방식과 지속적으로 존재하는 인물들이 지속적으로 존재하지 못할 인물들에 관한 정보를 항상 교환하는 방식은 인생과 똑같다. 그는 이따금 우연의 일치라는 장치를 지나치게 많이 사용한다는 비판을 받지만 인생이라는 것도 우연의 일치의 연속이다. 이와 관련해서 그는 초자연적인 힘의 갑작스러운 출현과 함께 우연의 일치가 우리를 위협하는 것처럼 보이는 그런 불안한 시기를 이겨 낼 수 있는 위로의 수단을 제공한다. 이것을 나는 '파웰의 순간'이라 부르고 싶다. 언젠가 이런 일이 있었다. 오래전에 피렌체에서 친구들과 저녁을 먹고 난 뒤 나는 머릿속으로 당시 영국에서 가장 유명한 신문 칼럼니스트였던 버나드 레빈(Bernard Levin)의 문체를 폄하하는 연설 원고를 작성하고 있었다. 나는 그를 직접 만나 본 적이 한 번도 없었고 TV에서만 봤을 뿐이었다. 아마도 나는 그가 누리던 행운을 살짝 질투하고 있었던 게 아닌가 싶다. 다음 날 아침 산타 트리니타 다리를 건너고 있을 때 내가 걷던 똑같은 보도에서 나를 향해 성큼성큼 걸어오는 아주 작은 형체가 있었다. 버나드 레빈이었다. 내 경험상 그런 순간들은 아주 날카롭게 우연과 혼돈을 환기시키기 때문에 상당히 섬뜩할 수 있다. 파웰의 직관이 거둔 승리는 그러한 혼돈 속에 다양한 패턴이 있다는 사실을 깨닫고 실례를 들어가며 분명하게 보여 주었다는 데 있다. 게다가 그는 이 모든 일을 로렌츠(E. N. Lorentz)와 그 밖의 사람들이 과학적 연구를 통해 카오스 이론을 정립하기 훨씬 전에 해냈다. 따라서 그런 측면에서 보면 「시간의 음악에 맞춰 춤을」

은 지적인 위업이다.

그러나 「시간의 음악」은 지적인 위업 그 이상이다. 시종일관 독자를 몰입하게 하기 때문이다. 그동안 이렇게 분량이 긴 작품 중에서 다음에 무슨 일이 일어나는지 알고 싶어서 독자를 이토록 갈증 나게 하는 작품은 없었다. 찰스 스트링햄은 결국 술에 의존하는 자신의 버릇을 극복하지 못할까? 아름답지만 성질 고약한 파멜라 플리튼은 미친 여자인가? 그녀와 결혼하고 나서 위드머풀에겐 어떤 일이 생길까? 상류층의 일상이라는 차원에서 이 연작은 타의 추종을 불허한다. 그리고 문단과 대중 매체에 몸담고 있는 새로운 사람들이 갈수록 더 상류층에 진입하고, 단지 그들의 요구에 더 잘 부응하려는 목적 하나 때문에 과거의 체계가 불가피하게 무너지고 있다는 것을 파웰은 잘 이해하고 있다.

중요한 해결책은 당연히 2차 세계대전이다. 2차 세계대전에 대해 파웰보다 더 잘 쓴 사람이 없다는 것을 이제는 알 것 같다. 파웰은 전쟁의 대부분을 런던에서 정보 장교로 보내면서 나치가 점령한 유럽 국가의 대표들을 상대했다. 따라서 그는 미래와 연결되어 있었음에도 자신의 역할에 대해 야단법석을 떨지 않는다. 반면 그의 친구이자 경쟁자인 에벌린 워는 실제보다 자신의 역할을 과장했다. 파웰은 겸손한 사람이었지만 자신의 평판을 지키려고 몹시 애쓰기도 했다. 만일 당신이 그가 쓴 문장에 결함이 될 만한 것이 있다고 아주 가볍게 문제 제기라도 한다면 그는 특유의 냉소로 답할 것이다. 나는 내 의구심을 겉으로 드러내지 않는 법을 빨리 배웠다. 마이클 프레인(Michael Frayn)은 「시간의 음악」 연작의 마지막 권인 『비밀의 하모니를 듣다(Hearing Secret Harmonies)』가 이른바 청년 문화에 대한 서툰 묘사라고 생각한 팬 가운데 한 명이었다. 파웰은 청년 문화에 대해 아는 것이 별로 없었는데, 그 이유는 당시 그가 밖에 나가서 청년들과 어울리며 그 세계를 맛보기에는 너무 늙은 나이였기 때문이다. 그러나 나는 프레인이 자신의 그러한 견해를 글로 발표할 때 어조를 누그러뜨렸다는 것을 눈치챘다. 이따금 발견되는 파웰의 결점들을 망설임 없이 조롱한 사람은 오베론 워(Auberon Waugh), 바로 에벌린 워의 아들이었다. 하지만 "브론"(모든 사람이 오베론을 그렇게 불렀다.)의 지나친 조롱은 앞뒤가 맞지 않았다. 그는 「시간의 음악」 연작 전편에 거의 끊임없이 천재성이 발휘되고 있다는 사실을 빼먹고 언급하지 않았다.

하지만 새로운 독자들은 이따금 따분한 대목들이 있다는 것을 미리 알아 두는 게 좋다. 6권 『친절한 사람들(Kindly Ones)』의 도입부에서는 하인과 유령들, 주술에 대한 이야기가 너무 많이 나온다. 『버크의 귀족명감(Burke's Peerage)』에 너무 심취해 있는 게 아니냐는 비판에 대해 파웰은 언젠가 자신은 『버크의 노동자들(Burke's Workers)』이라는 책이 있었다면 그 책에도 마찬가지로 심취했을 것이라고 말했다. 그러나 사실 상류층 사람들 혹은 상류층 진입을 앞둔 사람들이야말로 그가 가장 잘 묘사할 수 있는 대상이었다. 그리고 인생을 있는 그대로 보여 주는 데 헌신하는 작가라면 한순간이라도 주술 같은 것을 인정해서는 안 된다. 마지막 권에 등장하는 사이비 종교 집단의 사악하고 히피 같은 교주 스콜피오 머틀록이 너무나 비현실적인 인물처럼 보이는 진짜 이유는 파웰이 머틀록에게 이른바 염력이라는 능력을 부여하기 때문이다. 그러나 사실 전형적인 그 반체제 영웅은 사기꾼이었다. 에벌린 워라면 절대로 그런 속임수에 넘어가지 않았을 것이나. 아마 올리비아 매닝도 속지 않았을 것이다.

그러나 파웰의 걸작에서 정말로 심각한 결함은 미국인들의 부재다. 양차 세계대전 사이의 기간을 시간적 배경으로 하는 그의 작품에서 미국인들의 부재는 이미 눈에 띄게 두드러진다. 가령 심슨 여사는 이름도 불리지 못한 채 아주 잠깐 등장했다 사라지지만 사실 미국의 부유한 여성들은 오랜 기간에 걸쳐 영국 상류 사회를 잠식해 들어가고 있었다. 그리고 파웰이 향수에 젖어 기억하는 전시의 런던은 군복을 입은 외국군으로 가득하건만 그러한 런던에서 미군의 군복이 보이지 않는다는 사실 때문에 자칫하면 이야기 전체가 비현실적 판타지가 되어 버릴 수 있다. 미국인들 쪽으로 권력이 이동하고 있다는 것은 당시에도 논쟁거리였다. 그런데도 파웰이 그러한 사실을 언급하기조차 꺼려 한 것은 방어 기제의 효과, 다시 말해 상실에 대한 위로의 효과를 보여 준다. 파웰은 정치를 확실하게 이해하고 있었다. 즉 세상이 결코 예전 같을 수 없음을 알았다. 어쩌면 그는 자신의 회한을 누그러뜨리기 위해 그 눈부신 연작을 썼는지도 모른다. 폐허가 된 수도원처럼 그의 연작이 지닌 아름다움에는 뭔가 황량함이 있다. 그것은 한 번은 기분 좋게 찾아갈 수 있지만 그렇다고 오래 머물고 싶지는 않은 그런 황량함이다. 파웰의 연작에서는 눈물조차도 피눈물 맛이 난다.

비록 파웰이 지극히 미미한 것들에 골몰하느라 세부 사항에 필요 이상으로 힘을 쏟을 때도 있지만, 그런 파웰과 비교하면 영국 사회를 다룬다고 알려진 작가들 중에서 평균적으로 두 명 중 한 명은 투박해 보인다. 특히 C. P. 스노(C. P. Snow)

가 그렇다. 권력의 복도를 다룬 스노의 소설들(총 11권으로 이루어진 그 연작은 「이방인과 형제들(Strangers and Brothers)」 시리즈로 불렸다.)은 1950년대의 대중을 사로잡았지만, 그로부터 10년 뒤에는 파웰의 목소리가 기득권층을 이야기하는 대표적인 목소리로 자리 잡았다.(오랜 세월에 걸쳐 유효성이 증명된 권위가 함축되어 있는 "기득권층"이라는 용어가 국제 행정 시스템이 막을 내렸을 때 영국의 역할을 가리키는 표현으로만 널리 쓰이게 되었다는 것은 꽤 의미심장하다.) 내가 아직 시드니 대학교에 다니던 1950년대 후반에는 스노의 소설을 알고 있어야 교양인 대접을 받았다. 당시 나는 스노의 소설들을 읽으려고 노력했지만 충격적일 정도로 지루했다. 오죽하면 지금도 스노의 소설은 다시 도전해 볼 엄두가 나지 않는다.(2부 결정을 내리다, 1장 담뱃불 켜기. 전부 이런 식이다.) 스노의 소설에서 화자로 등장하는 루이스 엘리엇은 완전히 엉뚱한 사실을 강조하면서 파웰의 위드머풀에 대해 이야기한다. 스노는 자신의 화려함과 성공 때문에 결과적으로 희극적인 인물이 되고 말았다는 사실을 전혀 깨닫지 못했다. 내게는 아직도 생생한 그 이름, 오스버트 랭카스터가 그린 삽화가 걸어 다녔으면 꼭 스노 같았을 것이다. 그러나 말은 이렇게 하면서도 나는 펭귄 출판사에서 나온 스노의 소설들이 휴의 헌책방에 계속해서 한 무더기씩 쏟아져 나오는 것을 관심을 갖고 지켜봤다. 내가 스노의 시리즈를 사 모으기 시작 — 살짝 두렵기는 하지만 — 하는 것도 이제 시간 문제인 듯싶다. 그러나 설령 스노의 소설들이 내가 예전에 생각했던 것보다 훌륭한 책으로 밝혀진다 하더라도 분위기 조성을 위해 대학의 복도가 등장하는 스노의 소설들이 과연 훗날 데이비드 로지(David Lodge)나 맬컴 브래드버리(Malcolm

Bradbury), 아니 심지어 톰 샤프(Tom Sharpe)가 세운 기준이라도 충족시킬 것인지에 대해서 나는 회의적이다. 대학 소설(Academic novel)은 하나의 장르고 모름지기 장르 소설은 재미있어야 한다. 스노가 누군가를 정말 재미있게 해 준 적이 있었던가? 뭐, 월터 스콧 경(Sir Walter Scott) 정도였겠지. 하지만 월터 스콧 경도 그리 재미있는 사람은 아니었다.

나의 보물, 오스버트 랭카스터

나는 오스버트 랭카스터의 작은 책 『드레인플리트 폭로(Drayneflete Revealed)』가 영국이 거둔 위대한 희극적 성취의 하나라고 늘 생각했다. 내가 어디에서 살든 그곳에는 보통 그 책이 두 권씩 있었다. 한 권은 내가 읽을 책, 또 한 권은 다른 사람에게 선물로 줄 책. 최근에 나는 또 한 번 그 책을 다 읽고 나서 마치 랭카스터가 아직도 살아 숨 쉬고 있기라도 한 것처럼, 그가 지금 막 드레인플리트의 역사를 기록할 생각을 하기라도 한 것처럼 감탄했다.

드레인플리트의 역사에서 중요한 점은 드레인플리트라는 곳이 별 볼 일 없는 곳이라는 사실이다. 고대 로마 시대에 별로 중요하지 않은 네거리로 출발한 드레인플리트는, 그 이후 여러 세기를 거치는 동안 주위와 어울리지 않는 추한 건축물이 하나둘씩 늘면서 평범함의 집합체가 되어 버렸다. 랭카스터는 뛰어난 상상력을 바탕으로 드레인플리트에 생긴 건축물들의 다양한 역사적 단계와 변화를 그림으로 기록했다. 장마다 그런 그림이 하나씩 있어서 결국 각 장은 하나의 그림에 대한 긴 설명이나 다름없다. 그러나 그러한 설명 중에서 가장 중요한 농담은 비야만적 문화 행위에 관한 이 기나긴 전설의 각 단계가 마치 오늘날 역사적 유적의 흔적을 작은 것 하나라도 찾고자 필사적으로 몸부림치는 어느 마을 의회의 대변인을 떠올리게 하는 방식으로 제시된다는 것이다. 이 책은 사실상 모든 가치를 점차적으로 파괴하는 것에 지나지 않은 발전에 지위와 품위를 요구하는 것이 얼마나 터무니없는지 모르는 홍보 책자를 보는 듯하다. 흉물스러운 뉴시네마가 탄생하면 현대적 스타일의 눈부신 사례로 은근히 환영받는다.

드레인플리트 마을에 일어난 일이 마을 주민들에게도 일어난다. 수세기 동안 명맥을 이어 온 집안은 손에 꼽을 정도로 적다. 20세기가 됐을 때 드레인플리트라는 지역 사회의 중심을 이루는 집안은 드 베르티플이라는 집안이다. 장남 기욤 드 베르티플은 시인인데, 1930년대에 노동자 계층과의 연대를 보여 주기 위해 자신을 빌 티플이라고 부른다. 그는 스페인 내전에 관한 시 「바르셀로나에서의 충돌」을 쓴다. 나라면 그 시를 맥스 비어봄(Max Beerbohm)의 수업에서 나올 만한 풍자적인 걸작이라고 자신 있게 추천하겠다. 1950년대 후반 시드니에 있을 때 내가 알던 모든 작가 지망생들은 그 시를 잘 알았고, 지금은 고인이 된 내 친구 로버트 휴즈(Robert Hughes)는 실제로 그 시를 처음부터 끝까지 한 글자도 틀리지 않고 외웠다. 나는 아직도 휴즈가 시인의 친구인 맥시에 대해 쓴 마지막 행을 즐기는 모습이 눈에 선하다. "대충 한 번 흘깃 쳐다보고 오해한/ 파시스트 차장에 의해 전차에서 쫓겨났다."

랭카스터가 베르티플 집안을 통해 하고 있었던 이야기는 토마스 만(Thomas Mann)이 부덴브로크 집안을 통해 했던 이야기와 본질적으로 동일했다. 즉 두 작품의 공통된 주제는 자식들이 사업보다 예술에 더 많은 관심을 가질 때 명망 있는 집안의 가세는 기운다는 것이다. 그러나 랭카스터는 이 주제를 작은 공간에서 넌지시 빗대어 다뤘다. 삽화에서와 마찬가지로 산문에서도 요약과 암시는 그가 가장 잘하는 기술이다.(그는 어떤 시대로 받아들여져도 이상하지 않을 무대 장치들을 마련했다. 전부 단순하게 색을 칠한 수직 무대 장치로 처리됐고 기계류는 일체 없었다. 한마디로 양식의 정확성에 의한 승리였다.) 그는 예술과 응용 미술에 관한 백과사전적 지식을 자유자재로 주무르며 무(無)에서 조화를 엮어 내고, 그 안에서 자신이 아는 것을 암시했다. 그런 점에서 그의 글은 패트릭 리 퍼모(Patrick Leigh Fermor)를 연상시킨다. 나는 최근에 큰딸에게 주려고 퍼모의 대표작 『선물의 시간(A Time of Gifts)』을 헌책방에서 샀다. 큰딸이 다 읽고 나면 책을 빌려 달라고 해서 다시 한 번 읽어 볼까 생각 중이다. 퍼모가 다뉴브 강의 바하우 계곡을 처음 걸었던 때를 떠올리며 쓴 대목들은 한 편의 시 같다. 그나저나 나는 그 훌륭한 『홈 스위트 홈(Home Sweet Homes)』을 포함해 랭카스터의 책을 전부 소장하고 있지만 어떤 이유에선지 그가 양차 세계대전 사이의 세월을 회상하는 얇은 책 『미래를 향한 눈(With an Eye to the Future)』은 아직까지 한 번도 읽은 적이 없었다. 이제 마침내 『미래를 향한 눈』을 읽고 있으려니 책이 끝나지 않았으면 좋겠다는 생각이 든다. 베처만(Betjeman)과 에벌린 워, 낸시 밋포드(Nancy Mitford), 앤서니 파웰의 작품에 등장하는 사람들의 모델이 이 책에 다 있다. 위풍당당한 저택과 런던의 연립 주택, 야회복, 자동차, 술이 이 책에 있다. 한 페이지를 가득 채울 때도 있는 멋진 삽화들 안에서 당신은 본문에서 언급된 별로 중요하지 문화계 인사들을 다수 만날 수 있다. 예컨대 살찐 얼굴의 대식가는 시릴 코널리(Cyril Connolly)가 분명하고, 거만한 태도를 보이는 아름다운 젊은이는 브라이언 하워드(Brian Howard)가 틀림없다. 브라이언 하워드는 거의 한결같이 악의적인 탐미주의자인데, 훗날 그가 쓴 「알리기 위해 가다(Gone to Report)」는 내가 가장 좋아하는 시 가운데 하나가 되었다.

나는 책을 읽으면서 내가 나 자신인 시간 속으로 모든 것이 사라지고 있음을 느낄 수 있다. 이 모든 것 — 특권층의 사회사를 다룬 이 마지막 노력 — 은 아마 두 번 다시 인기를 끌지 못할 것이다. 우리가 식민지에서 그런 책들을 즐겨 읽었던 이유는 어쩌면 단지 식민지 주민인 우리가 제국이 죽어 가고 있는 것에 대해 제국주의자들보다도 훨씬 더 아쉬워하고 있었기 때문인지도 모른다. 명민한 평론가 세대의 모든 평론가들 중에서도 가장 명민했던 존 캐리(John Carey)는 예술을 사랑하는 척하는 시대를 언제나 몹시 혐오했으며 그런 시대가 전혀 예술적이지 않다고까지 했다. 그는 좋다는 것은 전부 운 좋은 지배 계층이 손에 쥐고 있는 세상에서 그런 것들을 높이 평가할 필요가 없다고 생각했다. 어쩌면 그의 말이 맞는지도 몰랐다. 확실히 미국인들에게는 아늑한 그 모든 것들을 설명하기가 힘들다. 그들은 민주주의를 천명한 나라에서 살고 있다. 그들이 사는 사회는 최상위 계층이 최대한 천천히 자신의 편의를 포기하고 있는 계층 사회가 아니다. 하지만 캐리조차도 가장 재미있는 20세기의 책 50권을 고르면서 에벌린 워의 『쇠퇴와 몰락』을 외면할 수 없었다. 그것이 문학 연구의 좋은 점 중 하나다. 다시 말해 취향이 편견을 이긴다. 나는 오스버트 랭키스터의 얇은 책들에 대해서 똑같은 감정을 느낀다. 그 책들을 못마땅하게 여겨야 마땅함에도 나는 그것들을 내팽개쳐 두지 못한다.

미국의 힘

데이비드 핼버스탬(David Halberstam)의 『권력자들(The Powers That Be)』을 처음 사서 읽은 건 1980년 워싱턴에서였다. 《옵저버》에서 의뢰받은 일도 있었고, 즈비그뉴 브레진스키(Zbigniew Brzezinski) 인터뷰 같은 만만찮은 일들도 앞에 놓여 있어서 내게 최대한 간결하게 미국의 정치 시스템을 설명해 줄 책들이 필요했다. 미디어의 권력 구조와 한 국가의 권력 구조와의 관계 — 당시에도 신문은 중요한 수단이었지만 이미 텔레비전이 신문을 능가하고 있었다. — 를 빈틈없이 분석한 핼버스탬 덕분에 나는 미국 정치에 대한 책에 취미가 붙었다. 지금 그 책을 다시 읽다 보니 윌리엄 팰리(William Paley)가 정말 성자 같은 사람이었는가 하는 의구심이 고개를 든다. 전해 내려오는 이야기와는 반대로 공화당 의원 매카시를 파멸로 이끈 건 에드 머로(Ed Murrow)를 전면에 내세운 CBS의 뉴스 프로그램이 아니었다. 팰리는 머로를 옴짝달싹하지 못하도록 구속했을 뿐만 아니라 결국에는 완전히 제거해 버렸다. 이른바 팰리의 윤리적 제국은 팽창을 위해 어리석게 변했다. 한마디로 그는 고질적인 타락을 부추겼다. 즉 미국에서는 더 많은 권력을 가진 사람일수록 명망이 높아지리라고 추론했고, 그 추론은 옳았다. 이 모든 내용이 핼버스탬에 의해 잘 정리되어 있었고 지금 읽어 봐도 여전히 중요한 뉴스처럼 읽힌다. 안타깝게도 새삼 떠오르는 사실이 하나 더 있다. 핼버스탬이 자료 조사와 연구는 아주 성실하게 했지만 문장 구성에는 너무 심하다 싶을 정도로 신경을 쓰지 않았다는 사실이다. 글을 영 쓸 줄 모르는 사람 같지는 않았다. 글을 쓸 줄은 알지만 한 번에 한 호흡만 쓸 수 있는 사람 같았다. 절(節)은 문법적 지속성을 생각하지 않아서 엉망이었다. 지금 읽으니 그의 토막 난 절들이 하도 어설퍼 보여서 내가 왜 그 당시에 미국 정치를 다룬 책들을 포기하지 않았는지 의아해지기까지 한다.

그러나 다른 저자들은 더 잘 썼고, 어쨌거나 미국 정치는 그냥 내팽개쳐 두기에는 너무 풍부한 주제이기도 했다. 미디어 권력에 대해서 켄 올레타(Ken Auletta)는 어떤 거대 기업이 어떤 거대 기업과 합병했는지에 관한 일련의 스릴 넘치는 책들을 썼다. 티모시 크라우즈(Timothy Crouse)의 『버스를 탄 소년들(The Boys on the Bus)』을 비롯한 다수의 책은, 선거 운동 기간에 활동하는 후보자 취재진을 실어 나르는 비행기에 올라탄 뒤 기자들에게 배포되는 인쇄물을 신문이나 잡지에 실을 만한 글로 옮기는 과정에서 점점 더 나쁜 짓을 저지르는 정치부 기자들의 세계를 생생하게 전달한다. 워싱턴의 권력자들을 다룬 중요한 책들은 지금쯤 영원히 읽어도 모자라지 않을 만큼, 또는 여하튼 "중요한"이라는 단어의 뜻을 다시 정의해야 할 만큼 차고 넘친다. 나는 엘리자베스 드루(Elizabeth

Drew)가 워싱턴에 관해 쓴 그 많은 책을 전부 읽었고, 적어도 한 권의 책, 예컨대 월터 아이작슨(Walter Isaacson)과 에반 토마스(Evan Thomas)가 쓴 『지혜로운 남자들(The Wise Men)』은 미국 정치가 전 세계에, 그리고 반대로 전 세계가 미국 정치에 미치는 영향이라는 거대한 주제에 관해 나로 하여금 눈을 뜨게 해 주었다. 기본적으로 그런 책들은 저널리즘이었지만 또 한편으로는 저널리즘이 공식적인 역사의 초고라는 사실을 증명해 주었다. 그리고 물론 가끔은 교수들이 아니라 기자들이 중요한 공식적인 역사를 썼다. 예컨대 윌리엄 시러(William Shirer)의 『제3제국의 발흥과 몰락(The Rise and Fall of the Third Reich)』은 처음에 한 기자의 현장 보도였을지는 몰라도, 그 주제에 관한 역사로서 그에 필적할 만한 책이 아직까지 나오지 않았고 앞으로도 쉽게 나올 것 같지 않다.

미국 정치에 대한 책을 읽고 있으면 할리우드에 대한 책을 읽을 때만큼이나 긴장감이 넘치고 재미있다. 요즘도 나는 밥 우드워드(Bob Woodward)의 신간은 나오자마자 읽는 편이다. 물론 내가 볼 때 그의 문체는 진부하고 존 벨루시(John Belushi)에 관해 그가 쓴 책은 사실을 지나치게 호도 — 그는 한 코미디언의 몰락을 마치 대통령의 몰락처럼 다뤘다. — 하고 있어서 나는 우드워드가 그 이후에 쓴 모든 책의 감정적 진실성(사실의 정확성은 의심하지 않는다. 그는 지루해서 눈물이 날 때까지 사실을 확인하는 작업을 한다.)을 의심하게 됐다. 또 우드워드는 자신도 오랫동안 그 일원으로 흡수되어 살고 있는 미국의 기득권층에 대해 글을 쓸 때 어딘가 부자연스럽다. 영국 학생들에게 조언하자면, 미국 정치를 다룬 책을 읽을 때 미국에서는 사회적 배경에 훨씬 덜 중점을 둔다고 생각하는 편이 좋을 것이다. 실제로도 그렇다. 우리는 아들 조지 W. 부시가 예일 대학교 비밀 사교 클럽 '해골단(Skull and Bones)'의 회원으로 뽑혔다는 얘기를 들을 때 그 말이 의미하는 바를 정확히 알아 두는 게 좋고, 케네디 가문에 대한 닉슨의 피해망상도 어느 정도는 사회적 억울함에 그 원인이 있으며 충분히 이해할 만하다는 사실도 알아 두면 좋다. 닉슨은 존 F. 케네디가 왕가에서 태어났다고 생각했고, 케네디 가문의 어른인 조 케네디(Joe Kennedy)에 대해선 이쪽에서 먼저 보복해야 하는 그런 상대라고 생각했다. 그 점에서 닉슨의 생각은 별로 틀린 생각이 아니었다.

샐리 베델 스미스(Sally Bedell Smith)의 『품위와 권력(Grace and Power)』은 존 F. 케네디의 백악관 연대기로, 고위층 가십의 한 예를 보여 준다. 고위층의 가십이 항상 범죄와 미스터리 장르인 이유는 우리가 그런 장르를 지나치게 많이 즐기는 경향이 있기 때문이다. 나는 그 책을 트리니티 거리에 있는 헤퍼스 서점에서 새 책으로 구입했다. 새 책으로 구입하는 건 좀 사치스러운 면이 있지만 거기엔 그럴 만한 이유가 있었다. 작은딸에게 좋은 생일 선물이 될 거라고 생각했기 때문이다. 내 작은딸에겐 책을 순식간에 읽고 그 안에 든 모든 사실을 기억하는 신기한 능력이 있다. 그 애는 그런 능력을 바탕으로 온 가족의 상담을 받아 주는 걸어 다니는 백과사전이며, 자신의 역할을 다하기 위해 꾸준히 지식을 채워 간다. 작은딸은 『품위와 권력』이 아주 훌륭한 성취라고 했고, 그 애한테 책을 빌려 읽어 보니 그 말이 맞았다. 샐리 베델 스미스에겐 화려함 뒤에 숨어 있는 진짜 이야기에 다가가는 키티 켈리[19]와 같은 재능이 있다. 하지만 그녀는 모든 것을 하찮은 농담거리의 차원으로 격하시키는 대신 역사적 의미를 지닌 이야기의 차원으로 격상시키는 일에 더 뛰어난 솜씨를 발휘한다. 예컨대 그녀는 케네디의 강박적인 바람둥이 기질을 적당히 넘어가지 않는다. 어떻게 보면 케네디의 여성 편력이야말로 이 책의 핵심 주제다.(그의 대통령직에 관한 진짜 책에서라면 그의 정치가 핵심 주제였겠지만 이 책은 케네디라는 남자 그 자체에 대한 책이다. 베델 스미스는 고집스럽게 케네디의 개인적 행동 양식 안에서 그의 정확한 위치를 찾아내려고 한다. 내가 볼 때 그녀의 고집이 옳다.) 그러나 호색가로서의 케네디의 이미지가 부각된 반면 어수룩해서 잘 속아 넘어가는 그의 아내 재키의 이미지는 부각되지 않는다. 이것은 재키의 엄청난 위상에 대해 내가 읽은 글 중에서 최고의 글에 속한다. 그녀를 묘사한 글들, 특히 여성이 쓴 글은 대부분 그녀를 최신 유행의 옷이나 입는 사람으로 이해한다. 심지어 수준 높은 그녀의 취향과 지식을 인정할 때도 옷 얘기가 빠지지 않는다. 베델은 바로 그 수준 높은 취향과 지식을 재키에 관한 이야기의 중심에 놓는다. 그녀는 제왕의 역할을 맡은 케네디에겐 더할 나위 없이 완벽한 배우자였다. 케네디도 그 사실을 알았지만 결국 그녀를 배신했다. 배신은 케네디에게 불가피한 선택이 아니었다. 오히려 그는 한순간도 배신 따위에 신경 쓰고 싶어 하지 않았다.

언론은 프랭클린 루스벨트의 하반신 마비를 알면서 입도 뻥긋하지 않았던 것처럼 케네디의 배신을 알면서도 입을 다물었다. 더 나중 — 케네디가 총에 맞은 다음 순간부터 시작

19 Kitty Kelly(1902~1968): 미국 영화배우.

되었다고 할 수 있다.—이었다면 케네디 같은 사람은 자신의 행실 때문에 대통령 자리에서 쫓겨났을 것이며, 어쩌면 아예 대통령에 당선되지도 못했을 것이다. 빌 클린턴은 케네디가 즐겼던 환락에 비하면 애들 장난 수준의 불륜 사건 때문에 워터게이트급 추문에 휘말렸다. 그렇다고 케네디 행정부가 24시간 뉴스 방송을 통제할 수 있었던 시대에 살았기 때문에 유리했던 것만은 아니었다. 그가 사귄 여성들이 대부분 상류층이어서 돈을 받고 비밀을 누설하라는 언론의 꼬드김에 쉽게 걸려들지 않았기 때문이다. 하지만 케네디와 조직폭력배 샘 지안카나(Sam Giancana) 사이에 양다리를 걸치고 있던 정부 주디스 캠벨(Judith Campbell)은 상류층과는 한참 거리가 멀었다. 그리 멀지 않은 미래였다면 케네디는 그런 관계 때문에 무너지고 말았을 것이다.

그런 이야기는 읽는 사람을 빠져들게 하지만 한편으로는 그러는 게 옳은 일인지 의문이 들기도 한다. 어쩌면 그런 이야기에 빠져드는 게 옳은 일이 아닐 수도 있지만 자제하기는 쉽지 않을 것이다. 상류 사회에 대한 그러한 가십(스페인 사람들이 말하듯이 이 정도 고위직에 대한 가십)은 마치 인생에서 맛보는 최고의 음식처럼 느껴져서 애피타이저가 온전한 한 끼가 될 수도 있을 것만 같다. 철갑상어알과 블린[20]으로도 충분히 한 끼가 된다면 왜 다른 걸 더 먹어야 하는가? 물론 미국의 열정적인 왕자가 일주일 동안 얼마나 많은 젊은 여성들과 사귈 수 있는지 안다고 해서 그가 어떻게 흐루쇼프에게 쿠바에서 미사일을 철수하도록 설득했는지 알 수 있는 것은 아니

20 러시아의 팬케이크.

다. 그걸 알려면 더 큰 그림이 필요하다. 하지만 훌륭한 평판에 걸맞게 우리의 저자는 큰 그림에 대해서도 알고, 케네디의 성적 에너지를 진정으로 역사적인 맥락 안에 배치할 줄도 안다. 따라서 결국 이 책은 미국 정치에 대한 중요한 책인 셈이다. 프랑수아 올랑드(Francois Hollande)와 매혹적인 줄리 가예(Julie Gayet)의 복잡한 관계를 다룬 이야기 — 케네디가 백악관 수영장에서 함께 놀 비서들을 끌어모으려고 엄청난 노력을 기울였던 이야기를 읽고 있는 지금도 올랑드와 가예의 이야기는 현재 진행형이다. — 도 프랑스 정치에 대한 중요한 책이라고 할 수 있지만, 파장은 훨씬 덜했다. 프랑스에서는 그런 일들이 충분히 이해될 수 있는 일이기 때문이다. 반면 미국에서는 그러한 일들을 용납할 수 없다는 데 많은 사람이 공감한다. 케네디가 앓던 많은 위험한 질병 중에서 최소한 한 가지 질병은 그의 생명을 위협했지만 케네디 집안의 그 누구도, 그리고 단 한 명의 백악관 직원도 그 사실을 언론에 누설하지 않았다. TV 드라마 「웨스트 윙(The West Wing)」에서 바틀렛 대통령도 케네디와 비슷하게 심각한 만성 질환을 앓고 있고, 거의 모든 시즌의 이야기가 그 질환을 감추고 있다는 사실을 중심으로 전개된다. 하지만 지금보다 더 생각이 깨친 시대를 배경으로 하는 드라마임에도 바틀렛에게는 여성들과 관련된 은밀한 습관을 갖는 것이 허락되지 않았다. 그의 은밀한 습관을 본 사람은 아무도 없을 것이다. 그 점에서 미국의 TV 문화가 비약적으로 발전했다고는 하나 아직은 책에 뒤진다.

나는 새로운 제국주의 — 군사력을 능가하는 문화적 제국주의 — 를 다룬 방대한 미국 책들이 너무나 읽고 싶어서 곧장 캐서린 그레이엄(Katharine Graham)의 자서전 『개인의 역사(Personal History)』를 집어 들었다. 1997년에 처음 출간됐을 때 읽었어야 했는데 그러지 못한 책이었다. 당시 캐서린 그레이엄은 《뉴스위크》와 TV 방송국들을 포함한 워싱턴 포스트 그룹을 여전히 잘 이끌고 있었다. 워싱턴 포스트의 여주인은 일선에서 직접 진두지휘를 맡는 경영자로 활약했고, 그 결과 미국에서 가장 영향력 있는 여성 중 한 명이 되었다. 그녀는 자기 지위에서 나오는 충만한 자신감을 바탕으로 『개인의 역사』를 썼다. 그러나 이 책이 그토록 훌륭한 이유는 그녀가 자신감이라곤 눈곱만큼도 없었던 시절을 기억하고 있기 때문이다. 그런 시절은 그녀의 유년기 전부와 성년기의 대부분까지 지속됐다. 그녀는 감당하기 힘든 어머니 밑에서 자랐고 나중에는 감당하기 힘든 세상 속으로 내던져졌다.

한마디로 그녀는 우아하고 매력적인 여성상을 요구하는 시대에 태어나고 자라면서 항상 자신을 혹 같은 존재로 느꼈다. 그녀의 어머니만 해도 토마스 만의 작품을 번역했고, 온갖 과외 활동을 한 데다 기본적으로 매력적인 얼굴의 소유자였다. 다시 말해 혹 같은 존재가 아니었다. 결혼 전 성이 메이어(Meyer)인 캐서린 그레이엄에게는 틀에 박힌 매력이 부족했다. 물론 그 점이 결국은 그녀를 끝까지 포기하지 않게 했다고 이제 와서 말하기는 쉽다. 만일 그녀가 규격화된 상류층 사교계에 발을 디뎠더라면 아내와 엄마, 많은 소양을 쌓은 여주인으로 살며 인생을 보냈을지도 모른다. 재클린 리 부비에[21]가 표준화된 각본 대신 자신의 진정한 개성을 찾고자 나서기 전

21 리 부비에(Lee Bouvier)는 재클린 케네디의 본래 성이다.

에 살았던 인생을 캐서린 그레이엄도 살았을지 모른다. 그러나 케이 메이어[22]는 여자로서는 드물게 부유한 인척들로 이루어진 세계에 깊이 속해 있었음에도 그 안에서 자신을 외부인처럼 느꼈다. 그녀는 무도회에서 춤을 출 상대가 없는 여성이었고, 소심한 성격은 그녀의 병이 되었다. 『개인의 역사』에서 그녀는 자신이 얼마나 불안에 떨며 살았는지 놀라울 정도로 솔직하게 밝힌다. 이 책의 또 다른 장점은 수많은 미국 여성들이 너무 가난해서 그들의 삶을 선택할 수 없는 시대에는 불확실성에 대한 자신의 고뇌가 보나 마나 방종처럼 보이리라는 사실을 그녀가 충분히 인식했다는 점이다. 불확실성에 이은 당혹감은 그러한 인식의 결과였다. 그녀는 신데렐라가 아니었다. 그녀는 무도회에 속한 사람이었다. 그 점이 바로 문제였다. 그녀는 무도회에 속한 사람이었지만 스스로 평가할 때 무도회에 참가할 자격을 갖추지 못한 사람이었다. 그녀는 모든 사회 계층의 눈길이 부적격자로 밝혀진 자신에게 쏟아지고 있다는 걸 느낄 수 있었다.

『개인의 역사』는 그녀가 자신의 자격을 어떻게 깨닫게 되었는지에 대한 길고, 때때로 슬픈 이야기다. 당시는 남자들이 지배하던 사회였다. 비록 소유주는 아니지만 그녀의 명석한 남편 필 그레이엄이 회사를 경영하는 것이 당연한 일처럼 여겨진 시대였다. 필은 워싱턴 포스트 제국의 경영자일 뿐만 아니라 포토맥 강변에 위치한 케네디 행정부의 왕궁을 자유로이 출입할 수 있는 사람이었다. 캐서린은 그의 아내에 불과했다. 훌륭하게도 그녀는 아내 역할에 만족하지 않았다. 그리고

22 캐서린 그레이엄이 결혼하기 전에 불리던 이름.

훌륭하게도 몇몇 남자들이 그녀의 편이 되어 주었다. 《워싱턴 포스트》의 편집자 벤 브래들리(Ben Bradley)가 특히 처신을 잘했다. 브래들리의 도움으로 그녀는 조금씩 자신의 능력을 발휘하기 시작했고, 필이 자살한 후에는 제국을 지휘할 준비가 되어 있었다. 나는 왜 페미니스트들이 더 자주 이 책을 인용하지 않는지 궁금하다. 아마 페미니스트의 대다수가 극단적인 좌파여서 가엾고 어린 부잣집 소녀에게 진짜 문제들이 있을 리 없다고 생각하는 모양이다. 21장에서 그녀는 자신과 같은 계층의 여자들이 남자들의 세계에 어울리기 위해서는 하찮아 보여야 한다는 압박을 얼마나 많이 받았는지 가슴에 와닿게 이야기한다. 그녀는 훌륭하게 맞서 싸웠고, 결국 닉슨 행정부의 비열한 권력에 저항할 준비도 되어 있었다. 닉슨 행정부는 그녀를 설득해서 《워싱턴 포스트》가 워터게이트 사건 취재에서 손을 떼게 하려고 더러운 속임수라는 속임수는 모두 동원했다. 브래들리의 도움이 없었다면 우드워드와 번스타인[23]은 워터게이트 사건을 폭로할 수 없었을 것이다. 하지만 브래들리는 케이 그레이엄의 도움이 없었다면 그 일을 할 수 없었을 것이다. 닉슨 진영에서는 자기들 손아귀에 있는 법무부의 도움을 받아 워싱턴 포스트 제국을 통째로 무너뜨릴 계획을 세웠다. 헌법도 워싱턴 포스트를 막기엔 역부족이었을 것이다. 그들은 여주인의 배짱을 인정했다. 총명한 진실성을 갖춘 이 훌륭한 여인은, 역시 매혹적인 소녀는 아니었지만 지금도 관심의 대상인 일리노어 루스벨트를 떠올리게 한

23 밥 우드워드와 칼 번스타인은 당시 《워싱턴 포스트》의 신참 기자로, 워터게이트 사건을 취재하고 보도했다.

다. 케이 그레이엄과 애들라이 스티븐슨[24]은 서로 자주 만났다. 그들이 나눈 대화는 대단히 흥미로웠을 텐데, 안타깝게도 두 사람의 대화를 녹음한 테이프는 하나도 없다. 우리에게 남은 거라곤 오직 닉슨의 목소리가 담긴 테이프뿐이다.

24 Adlai Stevenson(1900~1965): 1952년 미국 대선에서 민주당 후보로 나섰던 정치인.

키플링과 저승사자

2010년은 내가 병을 앓기 시작한 첫해다. 그 해에 나는 대서양을 횡단해 뉴욕까지 가는 내내 어리석게도 선실에 꼼짝하지 않고 머물러 있는 바람에 문젯거리를 하나 더 만들었다. 마땅히 하루에 몇 번씩은 갑판을 산책했어야 했는데 그러지 못했다. 내내 비가 오긴 했다. 하지만 그것은 이유가 될 수 없었다. 퀸 메리 2호처럼 큰 배에서는 내부의 복도만 이용해도 충분히 갑판 산책을 할 수 있기 때문이다. 나는 산책을 하기는커녕 오랫동안 선실에 누워 있었고 결국 그 대가를 치렀다. 뉴욕에 도착했을 때 나는 혈전증에 걸린 걸 알게 됐다. 마운트 시나이 병원에 열흘 동안 입원했다가 다시 영국으로 돌아가는 장거리 여행을 할 때까지도 혈전증이 깨끗이 낫지 않은 상태였다. 또다시 혈전증에 걸리지 않으려면 보행을 해야 한다고 했다. 의사들은 걷는 게 정말로 중요하다고 했고, 그래서 나는 지금도 걷고 있다. 나는 내 다리가 일을 하도록 매일 적어도 30분씩은 걷는다. 여름에는 시내까지 갔다가 돌아오는 걸로 보행을 대신한다. 걸어서 서점을 돌아다니다가 책 몇 권 들고 걸어서 집으로 돌아오는데 날이 춥거나 비가 오는 날에는 집 안에서 걸을 수밖에 없다. 그렇게 집 안에서 걸을 때마다 이건 100퍼센트 시간 낭비라고 생각했는데 언젠가 문득 걸으면서도 책을 읽을 수 있는 방법이 떠올랐다. 집 안에 있는 가구의 위치만 제대로 알고 있으면 나는 키플링의 시집을 읽으면서 집 안을 걸어 다닐 수 있었다. 키플링의 시는 대부분 행진에 어울리는 운율로 쓰인 까닭에 걸으면서 읽기에 안성맞춤인 것 같았다. 그의 시는 군인이 쓴 시 같다.

그럼에도 얼마나 뛰어난지! 기교적인 측면에서 그는 무엇이든 할 수 있다. 이 시는 그가 쓴 네 줄짜리 짧은 서사시의 전문으로, 제목은 「졸린 보초병(The Sleepy Sentinel)」이다.

나는 불성실한 보초병. 이제 내겐 감시할 게 없지.
나는 잠이 들어서 살해당했고 이제는 죽어서 자고 있지
누구도 다시는 나를 비난하지 못하리,
아무것도 지키지 못하더라도
나는 죽었기 때문에 잠을 자네.
내가 잠들었기 때문에 그들은 나를 죽였지.

그는 무엇이든 할 수 있는 기교를 소유하고 있지만, 문제는 한꺼번에 모든 것을 하고 싶은 유혹을 끊임없이 받는다는 것이다. 시 자체의 충동이 제어되지 않는 그의 시들은 너무나 요란한 소리를 내기 때문에 진술의 형태로 정리되는 경우가 거의 없다. 다시 말해 그의 시들은 독자에게 항상 한 편의 교향곡을 선사한다. 그러나 키플링의 시 중에서 너무나 많은 시들이 스스로 무대에서 내려왔다는 사실에 우리는 분명히 안

도의 한숨을 내쉬고 있음을 고백해야 한다. 사투리를 너무 많이 동원하는 바람에 읽기가 부담스럽기 때문이든, 지나치게 현란한 언어유희 때문이든, 스스로 무대에서 내려온 키플링의 시들은 실용적인 측면에서 다시 읽을 필요가 없다고 우리에게 말한다. 만약 키플링이 좀 더 엄격하게 자신을 통제했다면 단편 소설 작가로서의 그의 위상에 버금가는 시인이 되었을 것이다. 즉 최고의 시인 중 한 명이 되었을 것이다. 그러나 당신의 집중력이 그가 쓴 시 중에서 다시 읽고 싶은 시의 개수를 무의식적으로 줄여 나가는 지금도 — 그리고 아마 당신의 집중력은 떨어지고 있겠지만 — 키플링은 당신으로 하여금 계속해서 탄성을 자아내게 하기에 충분하다. 그에겐 천재 시인 특유의 재주, 다시 말해 당신의 목소리로 말하는 재주가 있다. 시인이라면 누구나 「데인 족 여인들의 하프 노래(Harp Song of the Dane Women)」의 첫 번째 연에 담긴 음성학적 힘을 성취하고 싶어 할 것이다.

> 네가 저버리면 여자는 어쩌라는 말이냐?
> 화롯불과 집안의 경작지도 팽개치고
> 늙고 머리가 허옇게 센 저승사자와 떠나 버리면.

그 율동적인 가락의 힘 때문에 잊히지 않는 그 시는 전문이 그런 식이다. 만일 그 한 편의 시가 열 편의 벗을 데리고 있었다면 키플링은 영시의 역사를 바꿔 놓았을 것이다. 그러나 물론 그 한 편의 시는 열 편의 벗을 데리고 있고 그 열 편은 그의 작품 여기저기에 흩어져 있다. 그리고 그는 영시의 역사를 거의 바꿔 놓았다. 그의 영향력은 흡수하기가 불가능하다는 것을 입증했다는 점에서 그렇다. 키플링은 크레이그 레인(Craig Raine)이 『러디어드 키플링 시 선집(Rudyard Kipling: Selected Poems)』을 소개하는 에세이에서 그를 향해 쓴 모든 칭찬을 받을 자격이 있다. 펭귄 출판사에서 나온 이 시 선집은 학생들이 걸으면서 읽기에 딱 좋은 무게와 크기로 출간됐다. T. S. 엘리엇도 언젠가 훌륭한 시 선집을 내면서 레인의 에세이보다 앞서서 키플링의 시를 분석하고 인정하는 에세이를 실은 적이 있다. 엘리엇과 레인은 둘 다 자기 스타일을 만든 시인들로 우아하기는 하되 성난 황소를 달래서 작은 트럭 뒤에 싣는 일을 자진해서 떠맡고는 쩔쩔매는 것처럼 보이기도 한다. 시인이라면 키플링을 읽으면서 그를 모방하고 싶은 감당할 수 없는 충동을 부추기는 그의 에너지가 자신을 물들이기 전에 그것을 제어하고 싶은 충동을 느낀다.

슈판다우의 슈페어

알베르트 슈페어[25]는 슈판다우 교도소에 있을 때 건강을 유지하기 위해 긴 거리를 걸었다. 그는 이스탄불까지 가는 데 필요한 걸음의 수를 계산한 다음 날마다 교도소 마당에서 발걸음 수를 세면서 산책을 했고, 그런 식으로 마침내 베를린을 떠나지 않고도 자신의 목적지에 다다랐다. 나중에는 그런 식으로 베이징까지 갔다. 이것은 그의 책 『슈판다우: 비밀 일기(Spandau: The Secret Diaries)』에 실린 좀 더 그럴듯한 이야기 중의 하나다. 나는 이 책을 이제 막 다시 읽기 시작했다. 한때는 독일어 원서를 꽤 수월하게 읽을 수 있었던 시절도 있었지만 이번에 읽는 건 영어로 된 책이다. 그가 쓴 모든 책은 독일어 공부에는 좋지만 당신의 정신에도 좋을지는 잘 모르겠다. 작가로서의 그는 문명인, 즉 진정한 예술가로서의 자신의 행

25 Albert Speer(1905~1981): 독일의 건축가로 히틀러 밑에서 군수상을 지냈다. 뉘른베르크 재판에서 금고 20년 형을 선고받고 1966년에 출옥하여 회고록을 썼다.

위에 대한 엄격한 태도를 결코 누그러뜨리지 않는다. 그는 히틀러라는 사이비 예술가가 꿈꾸던 망상의 세계에 사로잡혔다. 히틀러의 망상의 세계가 도저히 뿌리치기 힘든 미학적 기회들을 제공했기 때문이다.

말인즉슨, 당신이 슈페어였을지도 모른다는 것이다. 그 사실을 부인하고 싶다면, 당신은 당황하지 말고 그러한 주장이 허세같이 느껴진다고 자신 있게 말할 수 있어야 한다. 그러나 분명히 슈페어는 보기 좋게 사람들을 속이고 있었고, 천천히 속임으로써 그만큼 더 설득력을 얻었다. 전쟁이 끝난 뒤 수년 간 교도소에서 복역하면서, 그리고 석방되고 나서도 그는 나치의 실체를 몰랐던 게 후회스럽고 자신의 무지를 용서할 수 없다고 말했다. 그러나 그는 나치의 실체를 알았고 결코 무지하지도 않았다. 특히나 의심스러운 건 자신의 무지를 용서할 수 없다고 한 그의 주장이다. 왜냐하면 그는 다른 사람들에게 자신이 모든 것을 아는 사람처럼 보이기를 좋아했기 때문이다. 그는 그렇게 큰 문제들이 자신처럼 양복 재단에 높은 감식안을 가진 사람에게조차도 어려운 문제라는 듯 항상 어리둥절한 표정을 은근히 과장되게 지었는데, 이는 모든 것을 아는 사람처럼 보이기를 좋아하면서 자신의 무지를 용서할 수 없다고 한 자기모순을 합리화하기 위한 눈속임이었다. 영화 「다운폴(Downfall)」에서 슈페어는 주로 검은색 가죽 외투 모델로 소개되지만 우리는 남아 있는 독일 사회의 기반 시설을 파괴하라고 히틀러가 명령했을 때 슈페어가 후세를 위해 히틀러의 명령을 거역했다는 사실을 믿으라고 다시 한 번 강요받는다. 히틀러의 명령을 어떻게 거역했는지에 대한 그의 설명은 적어도 일부분은 사실이었을 테지만 그다지 신뢰가 가지 않는다. 나치의 유대인 말살 계획에 대해 아는 바가 거의 없었다는 그의 설명이 적어도 부분적으로는 거짓이었기 때문이다. 그럼에도 그의 죄책감은 그 시절을 살았던 우리 모두의 개인적인 문제로 남아 있다. 우리는 나치 독일 시대가 끝나 갈 즈음에 태어났지만 그걸로 면죄부가 되지는 않는다. 우리라면 어떻게 했을까? 우리도 베이징까지 걸으면서 깊이 생각해 볼 문제다.

셰익스피어와 존슨

TV 쇼 제작이나 강연을 위해 여행을 많이 다니던 시절에 나는 장거리 비행을 할 때마다 항상 셰익스피어 전집을 들고 다녔다. 내가 소장하고 있던 셰익스피어 전집은 오래전에 셸프리지 출판사에서 나온 한 권짜리 책으로, 각주가 전혀 없는 대신 헨리 어빙 경(Sir Henry Irving)이 직접 쓴 서문이 실려 있다. 나는 늘 여행을 다녔기 때문에 늘 셰익스피어를 읽는 것이나 다름없었고 그 바람에 책이 너무 너덜너덜해져서 결국 고무줄로 묶어야 했다. 특히 내가 즐겨 읽는 것은 역사극과 비극이다. 희극은 언제나 자주 읽지 않는 편이지만 『한여름 밤의 꿈』만은 예외다. 2~3년에 한 번씩은 『한여름 밤의 꿈』을 즐겁게 읽는다. 근래 어느 한여름 밤에 가족과 함께 킹스 칼리지 정원에서 열린 야외 공연을 보러 갔다. 여덟 살짜리 손녀는 「한여름 밤의 꿈」을 보는 게 이번이 두 번째였는데, 막과 막 사이의 휴식 시간에 첫 번째 봤던 연극이 더 좋았다고 공손하지만 분명하게 자기 생각을 밝혔다. 손녀는 식견 있는 관객이다. 아, 손녀의 말이 맞았다. 그날의 야외 공연은 독창성이 없었다. 터무니없이 의욕만 넘치는 대학생들이 아니라 전문 배우들을 고용했건만 말을 할 줄 아는 배우가 몇 명에 불과했다. 그러나 그들의 형편없는 발음에도 불구하고 대사는 살아남았다. 어떻게 전달이 되더라도 관객을 즐겁게 하는 것은 대사의 내용이다. 따라서 이것은 「한여름 밤의 꿈」에 대해서 새뮤얼 존슨이 잠시 품었던 수수께끼에 대한 확실한 대답이다. 존슨은 "빨갛게 불타는 반딧불이의 눈"이 나오는 대목을 조금 인용하면서 이렇게 말한다. "셰익스피어는 보통 자신이 직접 관찰한 것에서 자연에 대한 지식을 얻는다. 그런 그가 어떻게 꼬리에 달린 반딧불이의 눈에서 나는 빛을 알아봤는지 모를 일이다." 그러나 셰익스피어는 자신이 진실이라고 아는 사실에만 관심이 있는 것이 아니었다. 그는 극장에 앉아서 연극을 보는 관객이 진실이라고 생각하는 것에도 관심이 있었다. 그러나 언제나 그렇듯 나는 연극을 보는 쪽보다는 책을 읽는 쪽이 더 좋다.

나는 병에 걸린 후로 지나친 장거리 여행을 하면 안 되는 상황을 받아들이게 되었다. 이제 내겐 셰익스피어를 읽기 위한 새로운 습관이 필요하다. 나는 「아든 셰익스피어 총서」 중 한 권을 주방에 있는 책상 위에 항상 올려두는 습관이 생겼다. 지금 그 책상 위에 놓여 있는 책은 『안토니와 클레오파트라』다. 나는 셰익스피어의 작품 중에서 고대 로마를 배경으로 한 '로마극'을 가장 좋아하고, 『안토니와 클레오파트라』는 『줄리어스 시저』에 이어 내가 두 번째로 좋아하는 로마극이다. 따라서 이것은 중요한 일이다. 나는 막 『안토니와 클레오파트라』를 한 줄 한 줄, 각주 하나하나까지 살펴보는 작업을 끝내고 나서 M. R. 리들리(M. R. Ridley)가 더 존경스러워졌다. 그는

R. H. 케이스(R. H. Case)의 1906년판 『안토니와 클레오파트라』를 현대의 학식을 바탕으로 최신판으로 개정했다. 여기서 말하는 현대란 1954년의 시점에서 말하는 현대다. 나는 수십 년 동안 각주에 의존하지 않고 셰익스피어를 읽는 것에 익숙해졌지만 그것은 어차피 언젠가는 끝날 수밖에 습관이었다. 결국 당신은 각주를 찾아볼 수밖에 없다. 안 그러면 길을 잃고 말테니까. 그러나 최고의 순간들은 정식 결혼을 하지 않을 때 찾아온다는 말은 여전히 진리다. T. S. 엘리엇은 『안토니와 클레오파트라』에서 중요하게 언급할 만한 대사는 샤르미안이 죽으면서 하는 대사, 즉 "아! 군인이여!"라고 생각했다. 나는 항상 엘리엇의 생각이 옳다고 생각했고 지금도 그 생각엔 변함이 없다. 샤르미안은 결정적인 순간에 할 말이 거의 없다. 물론 그 군인은 샤르미안보다도 더 할 말이 없다. 그러나 그것이 단어들이 배치되는 방식이다. 하녀 샤르미안이 죽어 가는 것은 거의 아무것도 아닌, 아주 작고 성가신 사건에 불과했지만 그녀에게는 깨달음이었다. 그런 걸 알았으니 그 위대한 시인은 얼마나 위대했는가.

셰익스피어는 새뮤얼 존슨이 셰익스피어에 대해 쓴 글들로 나를 이끈다. 존슨이 쓴 글들은 월터 롤리(Walter Raleigh)의 편집을 거쳐 1908년 옥스퍼드 대학교 출판부에서 출간됐다. 잘 정리되고 내용도 풍부한 작은 책 『존슨이 읽은 셰익스피어(Johnson on Shakespeare)』가 그것이다. 그러나 당신에겐 1925년에 개정된 내용이 포함된 책이 필요하다. 분량도 200여 쪽에 불과하고, 모든 문단과 문장에 기억에 남을 만한 무언가가 담겨 있는 『존슨이 읽은 셰익스피어』는 주방에 들락거리면서 코앞에 두고 읽기에 안성맞춤인 책이다. 시에 대한 존슨의 비평은 너무나 훌륭해서 그의 비평에 대해 이야기하는 사람은 대개 더 보탤 말이 별로 없다. 독자가 옥스퍼드에서 나온 그의 두 권짜리 『시인들의 생애(Lives of the Poets)』를 살 때, 그리고 차례에 있는 이름 가운데 모르는 이름이 너무나 많다는 걸 알고 당황했을 때 기억해야 하는 것은 적절한 내용을 뽑아내는 그의 재능이다. 존슨은 밀턴이나 드라이든에 대해서 유익한 이야기를 들려주지만 스미스에 대해서도 유익한 이야기를 들려준다.

그렇다, 스미스라는 이름의 시인이 있었고, 그의 인생에 대해서는 그때나 지금이나 자세히 알려진 게 거의 없다. 그러나 스미스는 분명히 자신의 시적 재능으로 명성을 날렸고 존슨도 그렇게 생각했다. 존슨은 스미스가 모든 재능을 갖추었지만 그런 재능을 가지고 이룬 게 하나도 없다고 말했다. 그 비평을 읽고 있으면 내 동료 작가 중 몇 사람이 떠오른다. 내가 젊었을 때 그들은 재능이 너무 많아서 사실상 모호한 것을 성취하기 위해 싸워야 했다. 인생 말년에 이른 지금도 나는 그들이 자신의 목표를 이뤘다는 사실에 놀란다. 존슨의 구체적인 비평에는 기교적인 측면에 관해 상세한 설명이 가득할 뿐만 아니라 보편적 화제가 풍부하게 담겨 있어서 독자에게 창조적 삶이란 무엇인가에 대한 궁금증을 불러일으킨다. 이른바 "사전(Dictionary) 존슨"은 무지를 꾸짖고 가르치기로 유명해서 상당히 엄격한 학술주의자이리라고 짐작하겠지만 늘 그런 것은 아니었다. 그는 규범적인 것 못지않게 서술적이기도 해서 언어의 정체를 알기 위해 언어의 성장과 변화를 관찰하기도 했다. 언어는 생물이었다. 그는 『로스커먼의 생애(Life of Roscommon)』에서 다음과 같이 썼다. "우리의 언어가 끊임없이 부패할 위험에 처해 있다는 것은 부인할 수 없는 사실이다. 하지만 무슨 예방책이 있는가? 현재 이 나라의 태도라면 권위를 조롱할 것이다. 따라서 작가 스스로 자신을 비평하는 방법밖에 없다." 그의 말에 더 보탤 말은 이 한마디뿐이다. 스스로 자신을 비평하지 않는다면 당신은 작가가 아니다.

심술궂은 나이폴

V. S. 나이폴(V. S. Naipaul)은 인도 아대륙의 케말 아타튀르크[26]이다. 그는 자신의 출신 배경과 맞서 싸울 태세를 갖추고 현대화에 앞장섰다. 필요하다면 인도 문화가 소멸되어도 좋으니 항상 자신의 뿌리인 인도 문화 — 트리니다드 토바고를 경유한 — 가 현대화되길 원했다. 아니면 거의 평생에 걸쳐 그렇게 말한 것처럼 보였다. 그는 사람들의 각성을 촉구하면서 재기 발랄하게 자신은 카스트 제도에 반대한다고 선언했다. 하지만 말년의 그는 종종 자신이 여전히 낡은 제도를 고수하는 브라만 계급임을 증명했다. 언젠가 런던에 있는 그의 집에서 한 일꾼이 창문을 열다가 그에게 도움을 요청했다. 그는 아내의 직장으로 전화를 걸어 일꾼 때문에 자신의 작업이 방해받고 있으며 해야 할 육체노동이 있으니 아내에게 당장 집으로 오라고 말했다. 전설처럼 내려오는 이야기에 따르면 그렇다는 말이다. 가부장제의 황혼기에 그에게 늘 따라붙

26 Kemal Atatürk(1881~1938): 터키 공화국의 초대 대통령.

는 전설은 점점 더 설득력을 띠었다. 그러한 설득력을 제공한 건 그 자신이다. 그는 자신의 여자들에게 전제 군주처럼 굴었고, 2008년에는 그를 전제 군주처럼 묘사한 전기에 협조했다. 집필 인생을 통틀어 그가 쓴 가장 재미있는 작품 가운데 일부는 그의 가족이 벗어나려고 몸부림쳤던 문화의 후진성을 경멸하는 내용을 담고 있다. 그는 인도 청소부가 정부 건물의 계단을 청소할 때 얼마나 깔끔하지 못하게 일을 하는지에 대해 재미있게 쓸 수 있다. 그러나 만일 당신이 인도인이라면 그런 글이 덜 재미있게 느껴질 것이다. 그럼에도 우리가 나이폴을 읽는 이유는 그의 넓은 아량 때문이 아니라 그의 깐깐한 경멸 때문이다. 나이폴은 그에 버금갈 만큼 훌륭했던 니라드 차우드후리(Nirad Chaudhuri)처럼 영어로 글을 쓰는 작가로서는 최고의 자기 문체를 가졌지만, 인도 사상가로서는 최고의 깊이를 지닌 사상가가 아니었다. 독학으로 공부를 한 그의 아버지 — 작은 지역지의 기자였는데, 상대적으로 특권을 누린 자신의 아들보다 여러 면에서 훨씬 더 존경받았다. — 는 아들과 재능은 달라도 관심사는 똑같았다. 내가 휴의 헌책방에서 손에 넣은 『아버지와 아들 사이에서(Between Father and Son)』는 빈티지 출판사에서 나온 두꺼운 문고본인데, 이 책은 젊은 나이폴이 옥스퍼드에 있을 당시에 아버지와 주고받은 편지를 모아 놓은 책이다. 인도인이라는 점만 빼면 당시 그는 여느 장학생과 다를 바 없었다. 그의 아버지와 어머니, 가까운 친척들은 그가 정기적으로 편지를 보내 주리라 기대했고, 그는 가족의 기대에 부응하기 위해 최선을 다했다. 지도 교수들에게 제출할 논문을 써야 하고 여가 시간에 편안히 쉴 수 있으면 좋겠다는 얘기는 입도 벙긋하지 않았다. 그러나 그가 얼마나 숨 막

히는 가정 환경 속에 있었는지 잘 보여 주는 사건이 일어났다. 영국인 여자 친구가 그에게 편지를 보냈는데 그만 실수로 트리니다드 토바고로 배달되었고, 나이폴의 가족은 지체 없이 편지를 개봉해 읽고는 저마다 한마디씩 한 것이다. 그는 자신의 실망과 놀라움을 어떻게 드러내야 할지 몰랐다. 나중에 그는 자신의 그런 감정을 더 적절하게 드러내게 됐지만 그의 유쾌한 배신은 그때부터 시작되었다. 즉 우리에겐 선망의 대상처럼 보이는 바로 그 친밀한 가정생활 속에서 그의 유쾌한 배신이 시작된 것이다. 그런 가정에서 살아야 하는 운명이었다면 우리는 아마 숨이 막혔을 것이다.

나는 그의 눈부신 경력이 이렇게 시작되었다는 것을 생각하면서 2004년 뉴욕에서 구입한 『문학의 시기(Literary Occasions)』를 책장에서 꺼낸다. 2004년 당시, 나는 스트랜드 서점에 들를 때마다 거의 매번 1000달러어치 책을 사곤 했다.(책 보따리가 런던에 도착할 즈음이면 이미 나는 그 안에 어떤 책들이 들어 있는지도 잊어버렸다. 그래서 마치 크리스마스 선물을 받는 기분이었다.)

『문학의 시기』에는 콘래드에 관한 멋진 에세이가 실려 있다. 에세이의 제목은 「콘래드의 어둠과 나의 어둠」이다.

나이폴은 식민지 경험에 대한 콘래드의 분석에 대해서 이야기하고, 이를 통해 자신의 식민지 경험을 이야기한다. 나는 식민지 경험에 대한 나이폴의 글을 읽으면서 나의 식민지 경험에 직면하고, 한 제국의 탄생과 성장과 해체가 얼마나 복잡하게 얽히고설켜 있는지 깨닫는다. 제국의 탄생과 성장과 해체는 대부분 너무 갑작스럽게 일어났다. 영국은 수백 년 동안 아일랜드를 지배하고 나서, 눈 깜짝할 사이에 세계의 대다수 지역을 손에 넣었다. 이제는 언어와 황금 마차, 에든버러 성의 마당에서 펼쳐지는 백파이프 연주자들의 행진과 반대 행진 빼고는 아무것도 남아 있지 않다. 결국 우리는 스코틀랜드에도 작별을 고해야 할지 모른다. 그렇게 되면 오래된 제국에서 남는 것이라곤 벨리즈에 있는 90미터 길이의 모래밖에 없을 것이다. 사실에 기반을 둔 이야기를 쓰는 작가로서 최고의 전성기를 누리던 나이폴은 언어 자체가 제국의 중요한 유산임을 독자에게 일깨워 준다. 내가 『비스와스 씨를 위한 집(A House for Mr Biswas)』을 다시 읽게 될지는 두고 봐야 알 것 같다. 50년도 더 전에 읽을 때 감탄을 금치 못했는데, 그 책을 읽으면서 내가 태어난 집 생각이 너무 많이 났기 때문이다.

영화책

나는 제이크 이버츠(Jake Eberts)와 텔리 일로트(Terry Ilott)가 쓴 그 두꺼운 『내 우유부단이 결정적 패인(My Indecision Is Final)』을 처음부터 끝까지 다시 읽고 있다. 이 책은 할리우드 스타일의 영화 산업을 세우기 위해 영국이 착수했던 몇 가지 불운한 시도들 가운데 하나에 관해 이야기하는데, 정말 좀 우울한 이야기다. 문제의 영국 회사 골드크레스트가 제작한 영화 「간디」는 역대 가장 큰 인기를 끈 영화 가운데 하나가 되었지만 영화사는 파산을 면치 못했다. 이버츠는 그 영화사의 간부였고 사실상 모든 일이 그의 잘못이었는데 왜 그를 전문가로 여길까? 왜 나는 늘 그의 책을 읽고 있을까? 그가 쓴 책은 영화에 관한 최고의 책 가운데 하나일 뿐만 아니라 연예 산업 전반에 관한 최고의 책 가운데 하나이기 때문이다. 연예 산업 안에서 살고 자란 우리는 연예계 쪽에 소질이 없다는 걸 인정하길 꺼린다. 우리가 잘하는 것은 예술 행위다. 그러나 그런 예술 행위를 가능하게 하는 전략적이고 상업적인 감각은 우리의 능력이 미치지 않는 곳에 있다. 『내 우유부단이 결정적

패인』은 영화를 만들 때 산업적 노력이 얼마나 필요한지, 산업으로 대할 수 없다면 왜 영화를 시작하지 말아야 하는지에 대한 훌륭한 분석이다. 내 생각엔 이버츠가 정말 영화 산업을 잘 알았다면 그렇게 세상이 다 알 만한 재앙을 맞이하지도 않았을 것이고 이 책을 쓸 일도 없었을 것이다. 하지만 그는 흥미진진한 인과 관계 안에서 관련 있는 요소들을 제시할 수 있을 만큼은 영화 산업에 대해서 알고 있었다.

골드크레스트는 훌륭한 영화를 몇 편 제작했다. 「미션」은 지금도 볼만한 가치가 있는 영화다. 물론 로버트 드니로는 워낙 유명한 스타 배우라서 그저 결연하게 자신의 턱에 힘을 주고 있기만 하면 된 반면, 제레미 아이언스는 혼신의 연기를 해야 했지만. 게다가 「미션」은 「에메랄드 포레스트」만큼 손해 보는 장사를 하지도 않았다. 물론 결론적으로 두 작품 모두 영화를 촬영하는 스튜디오에 밀림을 만들 수 없다면 절대로 실제 밀림에 들어가서 영화를 만들어서는 안 된다는 또 하나의 교훈(할리우드가 오래전에 배운)을 얻었다. 그리고 「간디」가 있었다. 오스카상을 수상하고 엄청난 관객을 끌어들인 꿈의 작품. 골드크레스트는 「간디」로 돈과 명성을 모두 거머쥐었다.

그러나 영화계에서 명성은 결코 저절로 얻어지지 않는다. 평균적인 작품을 지속적으로 제작하지 못한다면 간접비 때문에 영화사는 무너지고 만다. 영국의 국내 시장은 바보 같은 「캐리 온」 시리즈보다 더 규모가 큰 작품을 꾸준히 제작할 수 있을 만큼 크지 않다. 따라서 당신이 기댈 데라곤 간간이 재능 있는 사람들이 쏟아져 나와 어떻게든 은행들을 설득해서 이번 작품만은 다를 것이라고 확신을 주길 바라는 것뿐이다. 실제로 가끔 그런 사람들이 나온다. 예를 들어 천재 마이클 발콘 경(Sir Michael Balcon)은 일링 스튜디오를 세웠다. 하지만 전재가 세웠다는 바로 그 이유 때문에 일링 스튜디오는 발콘 경보다 명이 길지 못했다. 혼자서 북 치고 장구 치는 원맨쇼보다 더 튼튼한 뭔가에 기반을 둔 영화사가 되고 싶다는 야심을 공공연히 드러냈던 골드크레스트는 재능은 넘쳤지만 평균적인 작품을 만들지 못했고 그 바람에 그들의 꿈은 너무나도 일찍 꺾여 버렸다. 씁쓸한 얘기지만, 이 책이 그토록 재미있는 이유는 어쩌면 남의 불행을 볼 때 느끼는 쾌감 때문일 수도 있다. 그렇게 영리한 사람들이 막다른 벽을 향해 돌진하는 모습을 지켜보는 것이 즐겁다.

스티븐 바크(Steven Bach)의 『파이널 컷(Final Cut)』에 대해서도 같은 말을 할 수 있다. 『파이널 컷』은 허세와 가식으로 가득한 영화 「천국의 문」의 참담한 실패에 대해 쓴 책이다. 「천국의 문」은 마이클 치미노 감독의 광적인 집착 때문에 소름이 끼칠 정도로 막대한 제작비가 투입되어 미국 개척 시대의 황량한 서부에서 일어나지도 않았던 목장 전쟁을 재현한 영화다. 유나이티드 아티스츠 영화사 대표 스티븐 바크는 영화 제작을 책임진 경영진이었다. 즉 그는 증명된 두뇌를 가진 간부였다. 따라서 그 모든 일이 어쩌다 잘못되었는지에 대해 설명할 때 그는 골드크레스트의 제이크 이버츠와 똑같은 위치에 있었다. 『파이널 컷』은 마이클 치미노의 캐릭터를 날카롭게 분석한다. 책을 읽은 독자는 치미노가 도무지 인격이라는 걸 전혀 갖지 않은 사람이라고 결론 내릴 수밖에 없다. 그는 과대망상에 빠진 카멜레온 같은 사람이었다. 그는 헤밍웨이처럼 거짓말을 했다. 헤밍웨이가 이탈리아 돌격대에서 자신을 위한 역할을 만들었듯이 치미노는 미국 특전 부대에서 자신의 역할을 만들었으며, 만일 당신이 어떤 문제에 대해서든 그에게 동의하지 않는다면 당신은 적과 함께 일한 것이 틀림없다는 원칙에 따라 움직였다. 그러나 그의 망상 중에도 일부는 설득력이 있었다. 그렇기 때문에 바크를 비롯한 유나이티드 아티스츠의 경영진은 치미노를 위대한 영화 예술가라고 확신하면서 전형적인 함정에 보기 좋게 빠졌다. 그나마 그가 자신이 정말 위대한 예술가일지 모른다고 보여질 만한 증거를 이미 세계에 보여 줬기 때문에 유나이티드 아티스츠와 그는 고개를 들 수 있었다. 치미노가 이미 세계에 보여 준 증거란 그가 연출한 영화 「디어 헌터(Deer Hunter)」가 비평과 흥행에서 거둔 큰 성공이었다. 그 성공 덕분에 그는 신의 화신으로 불렸다.

돈과 명성, 그것은 위험한 더블 스코어[27]였다. 「천국의 문」이라는 완전히 정신 나간 프로젝트를 지탱하던 모순은, 영화사가 제작에 착수한 이유가 바로 경영진이 예술을 믿었기 때문이라는 것이다. 치미노가 예술가로서 많은 명예를 짊어지지 않았다면, 그리고 더 많은 명예를 얻겠다고 약속하지 않았다면, 목장 전쟁 대서사시라는 그의 거대한 발상은 결코 현실화되지 못했을 것이다. 적어도 야외 촬영만큼은 절대로 가지 않았을 것이다. 그러나 그가 이끄는 대규모 제작진은 몬태나로 떠났다. 그곳에서 그들은 카메라 한 대를 돌리기도 전부터 돈으로 쌓아 올린 언덕에 불을 질렀다. 치미노는 자기 자신을 위해 영화사 돈으로 몬태나의 넓은 땅덩어리를 샀다. 에리히 폰 스트로하임(Erich Von Stroheim)은 폭주하는 영화 제작

27 점수를 내는 경기에서, 한쪽의 점수가 다른 쪽의 배가 되는 점수.

을 멈춰 세우기가 얼마나 어려운지 오래전에 할리우드에 가르쳐 주었다. 유나이티드 아티스츠도 영국과 프랑스의 초음속 여객기 콩코드 공동 개발 프로젝트 사례를 참조했을지 모른다. 콩코드 개발을 멈춰 세울 수 없었던 이유도 똑같았다. 즉 비용을 너무 많이 투자하면 발을 뺄 수가 없어지는 것이다. 그러나 후회로 가득한 바크의 설명은 재앙의 모든 단계를 이해하는 것이 어떻게 가능하고 그럼에도 어떻게 마지막까지 재앙에 끌려다닐 수밖에 없는지 잘 보여 준다.

「천국의 문」은 혹평과 흥행 참패로 끝났다. 나는 「천국의 문」을 보고 나서 내 인생이 얼마 남지 않은 듯한 느낌을 받았던 기억이 지금도 난다. 심지어 인생이 얼마 남지 않은 지금도 그런 느낌은 안 드는데 말이다. 뿌연 안개가 걷히고 나자 폐허로 변한 유나이티드 아티스츠가 드러났다. 마이클 치미노는 성별을 바꿨고 스티븐 바크는 이 놀라운 책을 쓰기 시작했다. 다시 읽을 계획은 없지만 그가 레니 리펜슈탈[28]에 관해 쓴 책도 아주 훌륭하다. 그녀의 영화들은 괴물 같았지만 그녀 자신도 괴물 같았다. 그래서 목표와 결과 사이에 차이가 전혀 없었고 따라서 교훈도 전혀 없다. 「천국의 문」은 모든 것이 교훈이다. 그리고 오늘날 「천국의 문」은 죽고 사라진 뒤에도 예전과 전혀 다르지 않은 차원으로 존재한다. 그중에서도 가장 이상하고 오래 지속되는 교훈은 짜임새가 없는 — 전반적인 줄거리에서뿐만 아니라 장면과 장면 사이에서도 — 영화를 걸작이라고 믿는 평론가들이 존재한다는 것이었다. 물론 「천국의 문」이 결코 얻을 수 없었던 평판을 부활시키려는 시도가 그동

28 Leni Riefenstahl(1902~2003): 독일의 영화감독이자 배우.

안 몇 차례 있었다. 영화 평론이라는 분야에서는 매 순간 얼간이가 태어난다는 것이 사람들이 내린 결론이다. 스티븐 바크가 살아 있었다면 똑같은 결론을 영화사 경영진에도 적용할 수 있다는 걸 인정할 수밖에 없었을 것이다. 1985년에 그의 책이 나온 이후로 나는 대중 예술 또는 모든 종류의 예술에 조금이라도 관심을 보이는 사람들에게 기꺼이 『파이널 컷』을 추천하고 있다.

할리우드의 여자들

근래 들어 할리우드에서 볼 수 있는 고무적인 발전 중의 하나는 카메라 뒤에서 여성이 미치는 영향력이 증가하고 있다는 것이다. 할리우드는 언제까지나 탐욕의 소굴일 테지만 몇 가지 면에서는 정의가 통하고 있고, 재능이 돈으로 바뀔 수 있다는 측면에서 여성이 언제까지고 저지당할 것 같지도 않다.(이것이 로스앤젤레스와 사우디아라비아의 큰 차이이다.) 영화 제작자 린다 옵스트(Linda Obst)는 『이봐, 그가 한 말은 거짓말이야(Hello, He Lied)』에서 한 편의 영화를 준비하려면 군대에 맞먹는 현실적 감각이 필요하다는 것, 그리고 지성과 감각이 그러한 현실적 감각과 결합했을 때 할 수 있는 일이 무엇인지 가르쳐 준다. 이 책을 읽는 건 이번이 두 번째인데, 처음 읽었을 때보다 더 재미있었다. 아마 그 이유는 그녀가 출발에 일조했던 어떤 경향이, 시들거나 사라질 수 있는 또 하나의 반란이 아니라 이제는 공기의 일부처럼 느껴지기 때문이 아닐까 싶다.(전에는 이다 루피노(Ida Lupino)의 이력이 하나의 경향으로 인용되곤 했다. 그러나 그 경향은 안타깝게도 한 사람으로 이루어졌다는 사실을 깨닫게 됐다.) 특히 오늘날 텔레비전 쪽에서는 여성들의 이름을 주연 배우 자막에서 항상 볼 수 있다. 영화 쪽은 아직도 냉혹한 정글이기는 하지만, 힘 있는 자리에 전부 수컷 고릴라들만 앉아 있는 것은 아니다. 그중 몇몇은 암컷 고릴라들이고 그들은 훨씬 더 꼼꼼한 습성을 지니고 있다. 옵스트는 온종일 회의에 참석하고 전화 통화를 하는 데 필요한 근면함에서 아주 뛰어나다. 그녀가 제작한 영화 중에서 「시애틀의 잠 못 이루는 밤」이 좋은 평가를 받는 이유 중의 하나는 그녀가 전화 통화에 능했기 때문이다.

영화계에서는 전화 통화뿐만 아니라 회의도 교양을 갖춘 전투다. 하지만 아무리 교양을 갖춰도 싸울 줄을 모르면 모든 게 무의미하다. 지배당하기 위해 쥐 죽은 듯 앉아 있는 게 숙녀다움이라고 생각한다면 그녀는 숙녀다움과는 거리가 멀다. 경험("전략 없이는 절대로 회의에 참석하지 말라.")을 잘 활용하는 그녀에게 유일하게 부족한 재능이 있다면, 그녀는 딱히 재미있는 사람이 아니라는 점이다. 명랑한 건 맞지만 아주 재미있는 사람은 아니다. 『당신은 이 도시에서 두 번 다시 점심을 먹지 못할 거야(You'll Never Eat Lunch in This Town)』라는 기막히게 유쾌한 책으로 여성 경영진을 위한 안내서 장르를 개척한 줄리아 필립스(Julia Philips)는 아주 재미있는 사람이었다. 그 책을 다시 읽고 있는데, 지금 봐도 여전히 재미있다. 다만 그 어느 때보다도 시간 낭비라는 생각이 너무 많이 들기는 한다. 「택시 드라이버」와 「스팅」, 「미지와의 조우」를 제작한 그녀는 더 잘나갈 수도 있었다. 영화사 사장이 될 수도 있었고 대통령에 출마할 수도 있었다. 그러나 코카인이 발목을 잡았다. 가끔 나는 내가 지금까지 청교도였을지도 모른다는 생각을 한다. 나는 술을 너무 많이 마셨고 바보처럼 담배와 시가를 피웠다. 한동안 나는 두 다리에 의해 추진되는 작은 구름을 닮은 마리화나 중독자였다. 그러나 나는 현재 이런 몸 상태에서도 가슴을 펴고 당당히 서서 모든 중독성 마약 사용자들을 비난하려는 경향이 있다. 중독성 마약이 뇌를 공격한다는 건 너무나 명백하다. 줄리아 필립스는 훌륭하고 재미있는 사람이었고 책까지 한 권 썼다. 그녀는 노라 애프런(Nora Ephron)과 일레인 메이(Elaine May)를 합쳐 놓은 인물이었다. 그런데 그녀는 어떻게 그 모든 것을 불 속에 던져 버렸을까? 책에서 그녀는 자신의 애석한 성향에 대해서 많은 이야기를 한다. 하지만 그녀가 진실을 털어놓으면 털어놓을수록 독자는 다른 주제에 대한 그녀의 이야기를 점점 더 믿지 못하게 된다. 당신이라면 개인적인 문제를 해결하기 위해 페루 발삼을 콧속에 쑤셔 넣는 사람이 만든 외계인 영화를 보고 싶겠는가?

줄리아 필립스는 마약 문제 때문에 파멸을 맞이했지만 할리우드에서 여자들은 남자들과 동등한 위치에 올랐고, 더러는 남자들보다 우월한 위치에 오를 때도 있었다. 2008년에는 조지 큐커(George Cukor) 감독의 1939년도 영화 「여자들(The Women)」이 리메이크됐다. 전작과 마찬가지로 영화의 원작은 클레어 부스 루스(Clare Boothe Luce)의 희곡이었다. 리메이크작[29]의 각본과 제작, 연출을 맡은 다이앤 잉글리시(Diane English)는 이 영화를 찍기까지 15년이 걸렸다. 이 영화는 한 여성의 창작물일 뿐만 아니라 주인공이 모두 여자들이고, 심지어 단역들조차도 전부 여자다. 그런데 안타깝게도 결과물

29 국내에는 「내 친구의 사생활」이라는 제목으로 개봉했다.

은 차마 눈을 뜨고 볼 수 없을 정도다. 페미니즘은 이데올로기이고, 다른 이데올로기가 그렇듯이 페미니즘에도 자각이 필요하지만 그러한 자각은 방종과 광기로 쉽게 변할 수 있다. 영화사 간부들은 바보가 아닌 이상 이 영화를 볼 사람이 없을 거라는 상식적인 판단에 따라 완성된 영화를 개봉하지 않고 묵혀 두었다. 하지만 끝내 그들은 더 이상 참지 못하고 영화를 개봉했다. 이 영화의 잘못된 점은 무엇이었을까? 아무리 바람직해 보이는 생각을 담고 있다 하더라도 남자들이 없는 세상은 현실처럼 보이지 않는다. 이번만은 영화사의 거물들이 자신들의 보수적인 본능을 고수했어야 옳았다.

그럼에도 할리우드가 오류에 빠지는 이야기는 결코 그 매력을 잃을 수 없는 흥미로운 주제다. 나는 데이비드 맥클린틱(David McClintik)이 쓴 『부적절한 노출(Indecent Exposure)』의 몇 페이지를 다시 읽었다. 그는 영화사 간부 데이비드 베겔만이 배우 클리프 로버트슨의 돈 1만 달러를 어떻게 횡령했는지 들려준다. 어느새 나는 그 책을 처음부터 끝까지 다시 읽고 있었다. 베겔만은 그 돈을 횡령할 필요가 없었다. 이미 수백만 달러를 벌었으니까. 그런데도 돈을 횡령한 이유는 그의 여러 가지 재능 중 하나가 손쉬운 방법을 찾는 재능이었기 때문이다. 그는 클리프 로버트슨의 은행 계좌가 돈을 조금씩 빼돌리기 위해 열려 있다면, 그 계좌에서 돈을 조금씩 빼돌리는 것이 마땅하다고 생각했다. 따라서 그것은 사실상 의무였고, 도덕적인 행동이었다. 로버트슨은 스타가 되기 위해 치른 비싼 수업료를 능가하는 돈을 벌어 부자가 됐지만 또 한편으로는 이상한 정직함을 지닌 사람이었다. 로버트슨의 이상한 특징과 베겔만의 이상한 특징이 충돌하면서 사람들에게 들려주기에 안성맞춤인 이야기가 단생했고, 맥클린틱은 그 이야기를 살 전달한다. 단, 그는 "flaunt(과시하다)"와 "flout(무시하다)"를 구별할 줄 몰라서 자신이 구현하고 싶은 문학적 능력을 과대 포장해야만 하는 작가다.

하지만 그러한 몇 가지 실수가 전체 이야기에 주는 피해는 미미하다. 이것은 본질적으로 할리우드의 거물이 돈을 훔치다가 현장에서 발각되더라도 어떻게 몰락하지 않는지 보여주는 이야기다. 영화계는 베겔만을 용서했고 그의 세례를 받은 사람들은 그가 분명히 아파서 그랬을 거라고 생각했다. 그게 아니라면 수천 달러에 불과한 푼돈이 아니라 거금을 횡령했으리라는 얘기였다. 베겔만의 명성에 해를 입힌 그 사건에서 도마 위에 오른 인물이 있다면 공연히 그 야단법석을 피운 클리프 로버트슨이었다.

쉽게 오류에 빠지는 할리우드에 관한 모든 이야기는 결국 한 가지다. 다만 누가 가장 잘 전달하느냐 그 차이가 있을 뿐이다. 흥미로운 건 약자는 권력이 주어져도 여전히 약자이지만 거대한 영화 제작사는 인간의 타락성을 받아들이고 고려하여 세워진다는 사실이다. 심지어 인간의 타락성을 토대로 번성한다. 이처럼 제국주의를 연상케 하는 할리우드 시스템의 내구성을 분석하는 책들은 할리우드 시스템의 약점을 분석하는 책들 못지않게 거의 다 흥미진진하다. 정말이지 할리우드의 영화사들은 조금도 약해지지 않는다. 이름 있는 큰 영화사도 단 한 번의 잘못된 선택 — 폭스 영화사는 「클레오파트라」로 거의 망했다가 살아났고 유나이티드 아티스츠는 「천국의 문」 때문에 쫄딱 망했다. — 으로 몰락할 수 있는 것처럼 보일지 모르나, 사실 할리우드 영화사들의 구조는 일찍이 수

십 년 동안 검증을 거쳤기 때문에 보통은 다른 영화사와 합병하거나 다른 영화사에 흡수되는 것이 낫다고 판단되는 경우에나 흔들리지 않을까 싶다.

할리우드는 미국 경제계를 축소해서 보여 주는 모델이다. 나는 빠른 시일 내에 토머스 샤츠(Thomas Schatz)의 『시스템의 천재(The Genius of the System)』를 한 번 더 읽을 계획이다. 한 번 더 읽을 것이라고 자신 있게 말할 수 있는 이유는, 그 책은 중간에 읽다 만 적이 한 번도 없기 때문이다. 영화사의 공문서를 빠짐없이 검토한 그 책은 영화 제작사들의 생존이 어떻게 B급 영화를 제작하던 가난한 영화사들에 달려 있었는지 보여 준다. 즉 돈을 벌기 위해서는 평범한 작품을 만들고 그중에서 이따금 나오는 비범한 작품으로 명성을 노려야 했다. 따라서 평범한 작품은 실패작이 되더라도 미끼 상품 역할을 할 수 있었다. 유성 영화 시대가 열리기 전에는 그런 시스템이 잘 돌아갔다. 그리고 그런 시스템을 만든 많은 사람들은 영화를 사랑하지만 장갑도 잘 팔 수 있는 사람들이었다. 그들은 대부분 닐 게이블러(Neal Gabler)가 『그들 자신의 제국(An Empire of Their Own)』에서 묘사하고 있듯이 유대인이었다. 재무에 밝은 그들은 자신들의 전문 지식을 이용해 그때까지 존재하지 않던 사업 영역을 개척했다. 그것은 단체로 상상력을 발휘하는 행위였고, 이제 그것 없는 삶은 상상할 수조차 없을 만큼 단체로 상상력을 발휘하는 행위가 만연한 현실이 되었다. 항상 심각한 책들을 읽고 비평하는 게 내 일이지만 나는 내 인생의 상당 기간 — 다 합치면 몇 년쯤 — 을 영화와 그 영화에서 파생된 TV물을 보면서 보냈고, 내가 본 영화에 관한 책도 많이 있었다. 그중엔 시간 낭비처럼 느껴진 것들도 있었다. 하지만 대체로 내가 뭔가 배우고 있나는 느낌이 들었다. 단 1960년대에 잠시 인기를 끌었던 영화 이론서들은 예외다.("기호학"이라는 단어가 늘 경고 신호였다. 빨리 도망쳐!) 이제 시간이 얼마 남지 않은 나는 영화와 관련된 책들을 분류할 때 이 책이 설마 내가 모르는 내용을 담고 있지는 않은지 자신에게 묻는다. 최근에 나는 사진과 그림이 많은 톰 숀(Tom Shone)의 마틴 스콜세지(Martin Scorsese) 전기를 읽었다. 숀은 글을 잘 쓰지만, 나는 아마 서평 의뢰를 받지 않았다면 이 책을 읽지 않았을 것이다. 반면 폭넓은 주제를 다룬 그의 『블록버스터(Blockbuster)』는 다시 읽고 싶은 책이다. 당신에게 할리우드에 관한 문화적 식견을 제공하는 책들은 프랑크푸르트 학파에 가까운 전문가가 썼을 때조차도 매우 유익하다. 오토 프리드리히(Otto Friedrich)가 고상한 유럽인의 관점에서 쓴 『시티 오브 네츠(City of Nets)』는 신선한 순간들로 가득하다.(프리드리히 덕분에 나는 너새니얼 웨스트(Nathanael West)가 활동하던 시기의 캘리포니아에서 뇌 호흡(Brain Breathing), 일명 '아즈텍의 비밀'이라는 종교적 의식이 유행했음을 알게 됐다.) 반면 커다란 판형의 화려한 책은 대부분 집어 드는 수고조차 할 가치가 없다. 데이비드 톰슨(David Thompson)의 『영화를 만든 순간들(Moments That Made the Movies)』은 자주 개정판을 찍는 그의 『전기 형식의 영화 사전(Biographical Dictionary of Film)』의 발뒤꿈치도 못 따라간다. 『전기 형식의 영화 사전』은 훨씬 더 장황하지만 적어도 독자가 반박할 수 있는 의견들을 봇물처럼 쏟아 낸다. 그런 점에서 볼 때 영화와 관련된 책들은 혼자서 논쟁을 벌이는 방법의 하나다. 그런 책들은 팝콘을 나눠 먹어야 하는 것을 좋아하지 않는 사람들이 팝콘을 먹으며 읽는 책이다. 데이비드 덴비

(David Denby)나 (내 생각엔 누구와도 비길 데 없이 훌륭한) 앤서니 레인(Anthony Lane)처럼 제대로 된 영화 평론가들이 쓴 글들은 예외지만, 나는 인쇄 매체와 더불어 비평 저널리즘이 하나의 장르로서 명을 다한 것은 아닌지 의심스럽다. 만일 그렇다면 비평 저널리즘은 웹 사이트에서 새 생명을 얻을 수 있을 것이다. 나는 주조 활자의 달콤한 냄새를 아직도 기억하는 활자 저널리스트로서 내 주된 표현 수단이 내가 죽으면 더 이상 남아 있지 않을 것이라고 생각하고 싶지만, 그 무엇도 그 아이들을 막을 수 없는 게 사실이다. 내 홈페이지에서 '자칭 사이렌(Self—Styled Siren)'이라는 이름의 블로그로 들어갈 수 있게 링크를 걸어 놓았다. 본명이 파란 네미(Farran Nehme)인 '더 사이렌'은 분별 있는 비판과 폭넓은 관점의 소유자다. 그녀는 세상의 모든 영화를 다 본 사람 같다. 더 짜증 나는 건 글까지 잘 쓴다는 점이다. 그녀의 사이트를 한참 둘러보다 보면 시간은 무한하지 않다는 말이 떠오를 것이다. 물론 예술에 대한 사랑 때문에 시간이 무한한 것처럼 보일 수는 있지만.

임시 책꽂이

임시 책꽂이가 정말로 임시 책꽂이가 아닐 때는 언제일까? 임시 책꽂이를 만들 필요가 없을 때다. 내 집에 가장 자주 들르는 사람들, 즉 아내와 두 딸은 그동안 내가 살았던 다른 집들처럼 이 집을 책 창고로 만들지 말라는 압력을 내게 지속적으로 가하고 있다. 나를 비난하는 두 사람 중에는 이 점에서 부끄러워해야 할 사람들이 있다. 아내의 널찍한 부엌에는 몇 년째 책이 산더미처럼 쌓여 있다. 아내의 훌륭하고 학구적인 서재는 몇 개의 방에 걸쳐 질서 정연하게 자리를 차지하는데도 어찌 된 일인지 남극의 빙하가 바다로 떠내려오듯이 아내의 책들도 부엌까지 오고야 만다. 부엌이라는 공간은 이상하게 사람을 끌어당긴다. 옆집에 사는 큰딸은 부엌의 남는 공간마다 책꽂이를 만들어 설치했지만, 선반 꼭대기마다 책들이 가로로 차곡차곡 쌓여 있어서 마치 헤이온와이의 어느 책방 같은 인상을 준다. 그럼에도 이 여인들은 내가 최근에 이사 왔을 때부터 이 집을 감독하고 있는 사람들이기 때문에 나는 집을 어지럽히지 말라는 그들의 요구를 존중하려고 노력한다. 친절하게도 그들은 집이 깔끔해야 내가 편안할 거라고 생각한다. 따라서 나는 책을 읽고 글을 쓰는 주된 공간인 부엌 겸 작업실의 바닥에서 천장까지 이어진 붙박이 책꽂이로 원래 내가 소장하고 있던 책들뿐만 아니라 새로 들여오는 책들까지 해결해야 한다. 그러나 실제로는 책꽂이가 아닌 곳에 책을 올려 두기도 한다. 문 뒤의 벽과 만나는 곳에 있는 부엌 조리대 위에 「왕좌의 게임」 시즌 4 전편이 담긴 CD들 — 친절하게도 프로듀서가 내게 보내 주었다. — 과 아직 읽지 않은 조지 맥도널드 프레이저(George MacDonald Fraser)의 「플래시맨(Flashman)」 연작들을 가로로 차곡차곡 쌓아 놓고, 그 사이에 앤서니 파웰의 「시간의 음악에 맞춰 춤을」 전작을 세워 놓았다. 「플래시맨」 연작은 내 친구들 사이에서 인기가 많아서 나도 읽어 봐야겠다고 늘 생각하고 있었는데, 이제 내 부엌까지 침범해 들어왔기 때문에 정말 읽어야 한다. 부엌의 다른 곳으로 눈을 돌려 보면, 긴 의자 옆에 있는 작은 사물함 위에 L자 형태의 눈에 잘 띄지 않는 싸구려 장식물 두어 개가 수직으로 세워 놓은 패트릭 오브라이언의 소설들을 지탱하는 지지대 역할을 한다. 패트릭 오브라이언의 소설들 가운데 절반쯤에 해당하는 그 책들은 문고본인데 아주 멋져 보인다. 큰딸과 큰딸의 친구 디어드레 서전트선 — 그녀는 대단히 박식한 여성으로 엘리자베스 시대의 시적 이미지에도 조예가 깊다. — 의 관대한 도서 대출 방침 덕분에 나는 이미 잭 오브리의 대하소설 전작을 읽은 상태였지만 휴의 헌책방에서 오브리의 소설들을 낱권 묶음으로 발견했을 때 내가 직접 전작을 모아야겠다는 생각을 했다. 미쳤어. 부엌의 그 작은 사물함 위에는 헤밍웨이 전기 몇 권도 차곡차곡 쌓여 있다. 두 배로 미쳤어. 그 책들은 심지어 선반에 세워 놓은 것처럼 보이지도 않고 그냥 되는대로 아무렇게나 놓여 있는 것처럼 보인다.

2층도 통째로 책에 점령당했을 뿐만 아니라 계속해서 다른 책들에 점령당하고 있다. 20세기 정치에 관한 내 책들은 대부분 2층에 있다. 나는 마틴 길버트(Martin Gilbert)가 쓴 처칠 전기 전집을 헐값에 팔아 치웠지만 그가 2차 세계대전과 홀로코스트에 대해 쓴 책들은 여전히 2층에 있다. 처칠 전기 전집을 팔게 된 이유는 그 전집을 다시 읽을 시간이 없을 것 같았기 때문이다. 그럼에도 처칠 전기 전집 중 한 권인 『전성기(Finest Hour)』는 미개한 영국을 구원한 구세주에 관한 훌륭한 책이다. 반면 처칠이 직접 쓴 「2차 세계대전사」 여섯 권은 마치 언젠가 그것들을 다시 읽을 시간이 나한테 있기라도 한 것처럼 아직도 전부 2층에 있다. 하지만 내겐 아마 그럴 시간이 없을 것이고, 따라서 그 책들은 그야말로 일종의 부적인 셈이다. 우리는 종종 다음 세대의 지식인들에게는 서재가 없을 거라는 얘기를 듣는다. 모든 것이 컴퓨터 안에 들어 있을 테니까. 그것은 합리적인 결론이지만 어쩌면 합리적이라는 게 문제인지도 모르겠다. 책에 미친다는 건 사랑의 행위고 사랑의 행위는 합리적인 것과는 거리가 머니까.

언제나 필립 라킨

《뉴욕 타임스 북 리뷰》에 서평을 쓰기 위해 제임스 부스(James Booth)가 쓴 『필립 라킨: 인생과 예술 그리고 사랑(Philip Larkin: Life, Art and Love)』이라는 촌스러운 제목의 책을 읽었다. 그 책을 읽으면서 기뻤던 건 어떻게 그토록 불안한 영혼이 그토록 차분하게 완성된 시를 창조할 수 있는지를 놓고 너무나 오랜 세월에 걸쳐 진지한 논쟁이 이어진 끝에 라킨에 대해 유일하게 타당한 견해가 다시 한 번 표준이 되어 가고 있다는 사실을 알게 되었다는 점이다.(일부 전문가들은 라킨의 시가 결코 아주 좋은 것은 아니라고 단언함으로써 이 논쟁을 끝내려 했지만, 다행스럽게도 그들의 어리석은 견해가 고등학교에까지 침투하지는 못했다. 덕분에 학생들은 라킨의 시 중에서 일부가 그들이 앞으로 읽게 될 그 어떤 시 못지않게 좋다고 배운다. 옳은 가르침이다.) 그러나 이번만은 서평을 쓰면서 필수적인 책들이 좀 부족하다고 느꼈다. 나는 수년 동안 낱권으로 출간된 라킨의 시집 전부와 두 종류의 시 선집(하나는 낱권으로 된 시집의 순서를 그대로 따랐고, 다른 하나는 모든 작품을 연대순으로 정리했다.)을 전부 모았기 때문에 그동안 내가 가진 것들만으로도 충분하다는 착각 속에서 일을 하고 있었다. 이번에 나는 부스의 책을 읽으면서 아치 버넷(Archie Burnett)이 엮은 『필립 라킨 시 전집(The Complete Poems of Philip Larkin)』이 필요하다는 것을 깨달았다. 라킨 시 전집에는 참고할 만한 학술적 주석과 함께 내가 한 번도 본 적 없는 시가 몇 편 실려 있었다. 내가 그토록 존경하는 사람의 작품 중에서 아직 내가 읽지 못한 작품이 있다는 사실에 부끄러움을 느끼며 개인 비서에게 그녀의 컴퓨터에서 마우스 오른쪽 버튼을 눌러 내가 원하는 그 책을 에이브북스에서 주문해 달라고 부탁했다. 책은 마치 몇 분 만에 배달된 것 같았다. 그것은 우리가 새로운 시대로 들어섰다는 또 다른 증거였다. 아니 좀 더 정확히 말하면 다른 모든 사람들이 새로운 시대로 들어섰다는 증거였다. 당신이 원하는 뭔가를 그저 생각하기만 하면 그것이 곧바로 배달되는 시대를 맞아 우리 중 일부는 너무 빨리 떠나는 바람에 인생이 앞으로 어떻게 될지에 대한 암시 이상의 것을 얻지 못한다. 여전히 시공(時空) 연속체의 신선한 공기로 가득 차 있는 세상에서.

그러나 어떤 방법으로 배달되었든 간에 내 책상에는 훌륭한 책 한 권이 추가됐다. 나는 필요할 때만 읽겠다고 다짐하면서도 몇 시간째 쉬지 않고 읽는다. 처음 발표됐던 주 이후로 내가 거의 외우다시피 하는 시들도 다시 읽는다.(내가 "주(Week)"라고 하는 이유는 대다수 시들이 《리스너(Listener)》 같은 주간지를 통해 첫 선을 보였기 때문이다. 당시 편집자 칼 밀러는 라킨의 새 원고가 도착할 때마다 천사 가브리엘이 방문한 것처럼 다뤘다. 당연한 대접이다.) 나는 평론가로 일하면서 라킨에 대해서 최소한 다섯 편 이상의 글을 썼다. 그가 가진 탁월함의 표면에 흠집을 내는 데 불과한 글이었지만 나는 그 탁월함의 깊이를 재 보려 하지 않은 내 직감이 옳았다고 확신한다. 그의 혼란스러운 정신은 그를 이야기할 때 관심이 가장 덜 가는 부분이다. 그의 진정한 깊이는 바로 표면에, 그가 쓴 시구의 아름다움에 있다. 그의 내면에서 벌어지는 전투와 그것이 낳은 추한 순간은 모두 시구의 아름다움에 바쳐졌다. 하지만 작품의 주제와 관련된 그의 유일무이한 독창성은 반드시 언급하고 넘어가야겠다. 현대의 그 어떤 위대한 시인도, 심지어 예이츠조차도, 라킨만큼 성공적으로 자신의 성격을 작품의 주제로 삼지 못했다. 사실 그는 억지로 자신의 성격을 작품의 주제로 삼을 필요까지는 없었다. 정말이다. 그는 차라리 시드니 배쳇[30]이 되는 편이 더 나았을 것이다.

30 Sidney Bachet(1897~1958): 미국의 재즈 뮤지션. 변덕스러운 기질과 즉흥 연주로 유명했던 소프라노 색소폰의 거장.

빌라 아메리카

아만다 베일(Amanda Vail)이 1988년에 사라와 제럴드 머피 부부에 대해 쓴 책『모두 다 굉장히 젊었다(Everybody Was So Young)』는 의혹이 없도록 다루지 않으면 공감을 얻을 수 없는 주제를 애교 있게 다룬다. 머피 부부는 1920년대에 앙티브[31]에 현대 미국인의 예술적 감성과 부(富)를 섞어 만든 국제적인 칵테일의 강렬한 첫 번째 맛을 선보였다. 피카소 같은 유명한 유럽인들이 우아한 머피 부부를 열심히 따르다 보니 파리에 거주하는 미국인들 — 스콧과 젤다 피츠제럴드 부부, 헤밍웨이, 존 도스 파소스, 그 밖의 비슷한 부류들 — 이 모두 그 저택에 모습을 드러내는 것은 조금도 놀랄 일이 아니었다. 머피 부부는 빌라 아메리카에 상당한 공을 들였다. 빌라 아메리카에는 방이 14개에다 약 2만 8000제곱미터의 정원이 있었고, 개인 소유의 해변은 해초를 제거해야만 했다. 그러나 기본적으로 그들의 작은 왕국은 권력을 사들이기 위한 활동이었

31 프랑스 동남부, 니스 서남쪽의 항구 도시.

고 그들의 재산 목록에는 당대 가장 유명한 예술가들이 포함되어 있었다. 사라는 훌륭한 여주인답게 그리 힘들여 꾸민 것 같지 않은 인상을 주면서도 완벽한 공간을 마련하는 데 필요한 재능을 지니고 있었다. 나중에 이 멋진 커플은 비극 — 안타까운 상황에서 두 아들을 잃었다. — 을 겪지만 그들의 이야기를 담은 기본적인 리듬은 우아한 여가의 반복이었고, 그런 반복은 숨쉬기만큼이나 쉽게 유지되었다. 아만다 베일은 그 매력을 포착한다. 당신은 이 책을 읽는 동안 빌라 아메리카의 해변을 한가로이 거닐며 오늘이 아니라면 내일이라도 꼭 걸작을 쓰기 시작할 수 있을 것 같은 기분이 들 것이다. 스콧 피츠제럴드는 작업 환경이 너무 좋아서 창작 활동이 어려워지자 화가 치밀어서 가구들을 내다 버렸고, 제럴드 머피에게 행동의 주도권을 내주기 싫었던 헤밍웨이는 머지않아 그와 적당한 거리를 두었다.

동화의 나라엔 긴장감이 감돌았다. 예전에 그 이야기를 한 사람들이 있다. 1971년에 캘빈 톰킨스(Calvin Tomkins)가 머피 부부에 대해 쓴 책 『잘 사는 것이 최고의 복수다(Living Well Is the Best Revenge)』는 제목의 의미를 제대로 설명하지 못했지만(무엇에 대한 복수인가? 너무 많은 소득에 대한 복수?) 그 분위기는 포착했다. 부잣집에서 태어나는 것이 어떤 것이라는 걸 좀 알던 루이스 오친클로스(Louis Auchincloss)는 톰킨스의 책을 읽고 나서 스콧 피츠제럴드가 머피 부부를 모델로 『밤은 부드러워(Tender is the Night)』의 딕과 니콜을 창조했다는 주장을 사라 머피가 얼마나 싫어했는지를 포착한 방식에 찬성했다. 사라는 왕국을 지배하는 자기 부부가 불행할지도 모른다고 암시하는 모든 주장에 분개했다. 머피 부부는 완벽을 추구하는 일에 목숨을 걸고 있었다. 그림을 포기한 화가 제럴드는 아마 지나치게 예술에 전념함으로써 군주의 역할을 손상시키고 싶지 않았을 것이다. 당신도 내 생각과 같다면 돌이켜 볼 때 참으로 안타까워 보일 수도 있다. 나는 그의 그림이 독창적이었다고 생각한다. 그의 그림은 코드 자동차의 디자인처럼 긴 생명력을 지닌, 현대적이고 단정한 우아함을 지니고 있었다.

하지만 그는 예술이 자신을 지배하도록 내버려 둘 생각이 없었다. 그에겐 자신의 인생을 지배할 재력이 있었다. 그러던 한순간 자녀들의 갑작스러운 죽음이, 재앙이 닥쳤다. 제럴드는 사업가로 돌아가 책상 뒤에 자신을 파묻을 수 있었지만 사라는 충격을 극복하지 못했다. 그들의 시대는 짧았고 왕조는 없었다. 그러나 그들의 작은 왕국은 독특한 감촉의 행복을 낳았고 그 행복은 그것을 맛본 모든 이의 기억 속에 간직됐으며 지금은 그 왕국이 저물고 한참 후에 태어난 이들이 그 왕국에 대해 쓰고 있다. 당신은 그 사람들이 살았던 시대를 초월해 그 사람들을 영구히 존속시키고 싶은 충동을 불러일으킬 수 있는 사실들이 있다는 것은 이해할 수 있지만, 왜 그러한 충동이 글의 독특한 정취와 어조에도 해당이 되어야 하는지는 쉽게 이해하지 못한다. 어떤 저자는 자기가 직접 본 적도 없는 생활 방식을 우리가 기억해 주길 원하며 글을 쓴다. 그것은 잘못된 시도가 되어야 마땅하지만 가끔은 성공을 거두기도 한다.

히틀러를 보는 다양한 시각

휴의 노점 헌책방은 때때로 클럽 비슷한 곳으로 탈바꿈하기도 한다. 당신은 거기서 비잔티움의 정치에 대해 세 권짜리 책을 쓰고 있는 사람들을 만난다. 최근에 나는 거기서 우연히 마이클 태너(Michael Tanner) 박사를 만났다. 코퍼스 크리스티 대학의 선임 연구원인 그는 내가 대학생이었을 때 이미 철학과에서 가장 똑똑한 학생 중 한 명이었다. 그는 집으로 책을 더 이상 가져오지 말라는 엄명이 떨어진 상황이라 책을 집 안으로 몰래 가져가 숨겨 놓아야 한다고 내게 말했다. 나도 그와 똑같은 책 반입 금지령에 묶여 있던 터라 물어보나 마나 우리는 커피숍에 앉아 책을 집 안으로 몰래 반입하기 위한 계획과 비법을 주고받았다. 태너는 상대가 주눅이 들 정도로 예술 전반에 대해 아는 것이 많지만, 아주 재미있는 사람이기도 하다. 나는 곧 그가 석사 과정을 가르치는 엘리자베스 슈와츠코프 흉내를 나보다 잘 낸다는 사실을 암묵적으로 인정해야 했다.(가르치는 사람으로서 그녀의 약점이 무엇인지 분명하게 보여 주려면, 움라우트를 발음할 때 그녀의 입술 모양이 어떤지 알려 줄 수 있어야 한다. 그녀의 입술은 마치 날고 있는 벌새의 엉덩이에 입을 맞추려고 하는 모양이 된다.) 나치 치하의 베를린에서 활동했던 유명한 소프라노의 초창기 경력에 대한 이야기가 나오면서 우리의 대화는 자연스럽게 영원한 주제, 즉 예술에 대한 히틀러의 관심이라는 주제로 이어졌다. 태너는 최대한 친절하게 설명했다. 그는 프레드릭 스포츠(Fredric Spotts)가 쓴 『히틀러와 미학의 힘(Hitler and the Power of Aesthetics)』이 이 분야의 필독서라고 주장했다. 그는 내가 그 책을 읽지 않은 걸 귀신같이 알아맞혔다. 나는 우편으로 그 책을 주문했고, 그의 주장대로 책은 이 분야의 필독서가 맞았다. 스포츠는 히틀러에게 그가 할 수 있는 모든 칭찬을 쏟아붓는다. 히틀러의 문화적 관심의 폭이 우리가 흔히 생각하는 것보다 넓었다는 것이다. 분명히 음악 혹은 오페라에 대한 히틀러의 열정은 바그너(Richard Wagner)와 레하르(Franz Lehar)를 뛰어넘어 더 멀리까지 나아갔다. 그는 푸치니와 베르디도 좋아했고, 모든 것에 대해 당신에게 이야기할 수 있듯이 푸치니와 베르디에 대해서도 당신에게 이야기할 수 있었다.

그러나 나는 지금도 히틀러의 가장 사악한 재능 가운데 하나를 과소평가해서는 위험하다고 생각한다. 즉 그는 자신이 배운 사실들의 목록을 자신을 숭배하는 신봉자의 얇은 귀에 유창하게 풀어놓음으로써 모든 주제에 심취한 사람처럼 자신을 포장하는 사기꾼의 재능을 가지고 있었다. 2차 세계대전 당시 독일군 장교들 중에서 새로운 무기를 발주하는 일을 맡은 고위 장교들은 히틀러가 탱크에 대해서 아는 것이 굉장히 많아서 깜짝 놀랐다. 그러나 그가 탱크가 대해서 아는 내용은 여기저기서 주워들은 내용을 짜깁기한 것이었고, 군비 확충에 대한 그의 정책이 실행된다면 전쟁에서 패하는 것은 불을 보듯 뻔했다. 그는 대화를 하면서 예술과 관련해 자신이 언급한 주제들을 깊이 있게 아는 사람처럼 이야기했겠지만, 실은 겉핥기식으로 알고 있었다고 보는 게 논리적으로 맞을 것 같다. 스포츠는 한 치의 의심도 없이 그대로 전하고 있으나, 나는 참호에서 시간을 보내는 내내 자신의 배낭에 쇼펜하우어 전집을 넣고 다녔다는 히틀러의 주장을 믿기 힘들다. 내 책꽂이에는 히틀러가 말한 쇼펜하우어 전집 다섯 권이 꽂혀 있는데, 경량지로 만든 책인데도 무게가 꽤 나간다. 그러나 미학에 대한 히틀러의 열정은 의심할 여지가 없을 것 같다. 그 점에 대해서는 스포츠가 백 퍼센트 옳다. 실제로 귓전을 때리며 베를린이 산산조각 나고 있을 때 히틀러는 슈페어가 만든 미래 베를린의 축적 모형을 연구하며 밤을 새웠으니까. 곤경에 처한 한 남자에게 예술은 그렇게 쉽게 찾을 수 있는 탈출구였다.

소설 『관심 지역(The Zone of Interest)』의 원고를 준비하던 마틴 에이미스(Martin Amis)가 내겐 보낸 편지 때문에 나는 곤란해졌다. 론 로젠바움(Ron Rosenbaum)의 『히틀러 설명하기(Explaining Hitler)』를 읽지 않았다는 사실을 털어놓을 수밖에 없었기 때문이다. 나는 그 책을 사서 주방 탁자에서 읽었고, 당연히 깊은 인상을 받았다. 로젠바움은 히틀러의 성격을 분석한 전후의 대표적인 두 인물인 휴 트레버로퍼(Hugh Trevor-Roper)와 앨런 불록(Allan Bullock)이라는 중심 주제를 균형 있게 다루는 임무를 훌륭히 완수한다. 트레버로퍼는 전 세계적인 베스트셀러 『히틀러의 마지막 날들(The Last Days of Hitler)』에서 히틀러가 실제로 신비스럽고 카리스마로 가득한 비밀을 지니고 있다고 생각했다. 그렇지 않다면 그가 실권을 전부

잃었을 때도 사람들이 여전히 그에게 복종한 것을 달리 어떻게 설명하겠는가? 불록은 『히틀러: 독재 연구(Hitler: A Study in Tyranny)』에서 히틀러를 사기꾼이라고 생각했다. 훗날 불록은 입장을 바꿨는데, 이번에는 히틀러를 자신의 연기를 믿었던 배우로 지칭했다. 두 교수 모두 이른 시기(폐허가 되어 버린 독일의 도시들은 아직도 복구되지 않은 상태였다.)에 히틀러 연구에 착수했음에도 그들이 포착한 히틀러 이야기는 훗날 이루어진 이른바 주요 연구들보다 더 훌륭했다. 예컨대 나는 1974년에 출간된 요아힘 페스트(Joachim Fest)의 히틀러 전기는 읽어 보지 못했지만, 최근에 이언 커쇼(Ian Kershaw)의 두꺼운 두 권짜리 결과물(그는 매력적이지는 않지만 철두철미한 작가다.)은 시간을 들여 열심히 읽었는데, 트레버로퍼와 불록이 반세기도 더 전에 발견하지 못했던 사실을 그다지 많이 찾아낼 수는 없었다. 나는 트레버로퍼와 불록을 다시 읽어야만 한다. 그들을 처음 읽었을 때 나는 십 대였고 그 책들은 내 인생관을 형성하는 데 도움을 주었지만, 늙으면 잊어버린다. 그러나 때로는 약간 더 젊은 사람들이 틀린다. 로젠바움이 특이한 사실들, 예컨대 언뜻 보기에는 부수적이지만 사실은 매우 중요하고 특이한 정보를 수집할 시간이 부족했던 이유는 어쩌면 그가 1946년에 태어났기 때문인지도 모른다. 전쟁 전에 극장에서 상영한 뉴스 영화는 화면이 돌아가는 “속도가 빨랐고”, 이 “빠른 움직임” 때문에 나치의 훈련이 더 로봇 같아 보인다고 한 로젠바움의 주장은 옳지 않다. 전쟁 전에 제작된 뉴스 영화는 적절한 속도로 스크린에 영사되었기 때문에 움직임이 빨라 보이지 않았다. 영사 속도가 바뀐 건 그 후의 일이었다. 대체로 작가들은 기술적인 부분에 대해서 이야기할 때 신중해야 한다.

오스트레일리아의 고수, 스티븐 에드거

내 친구 스티븐 에드거(Stephen Edgar)는 현재 쏟아져 나오는 오스트레일리아의 시인들 중에서 최고의 서정시인이다. 레스 머리(Les Murray)는 정평이 난 대가이자, 우리의 자유 도시 펜토스의 권력자 일리리오 — 여기에서 나는 「왕좌의 게임」 시리즈에 나온 은유 가운데 하나가 후대의 문화 비평가들 사이에서 표준 관례가 될 수 있지 않을까 예상해 보려 한다.[32] — 였으며, 결국 우리 모두는 그와 얼마나 거리를 두고 있느냐에 의해 평가받게 될 것이다. 그러나 눈에 띄게 독자적인 작업을 하는 사람들도 있다. 예를 들어 피터 골즈워디(Peter Goldsworthy)는 실제로 누구나 감탄하지만 쓰는 사람이 거의 없는, 하이쿠처럼 아주 짧은 시를 쓸 수 있다. 주디스 베버리지(Judith Beveridge)는 섬뜩한 관찰력과 기억을 불러내는 남다른 능력을 바탕으로 자연이 아주 약간만 인간을 필요로 한다고 묘사하는데, 이런 묘사에서 타의 추종을 불허한다. 그

32 펜토스와 일리리오는 미국 TV 시리즈 「왕좌의 게임」에 등장하는 도시와 인물.

밖에도 많다. 하지만 그 누구도, 심지어 레스 머리조차도 스티븐 에드거처럼 여러 가지를 모아 복잡한 형식을 만들지는 못한다. 스위스 시계도 경쟁 상대가 되지 못한다. 무엇보다도 그 안에 들어 있는 거라곤 마이크로프로세서와 건전지가 전부이기 때문이다. 전형적인 에드거의 시는 우선 전체를 볼 수 있는 풍부한 이미지를 통해 놀라운 힘을 뿜어내고 그 힘은 시가 구성된 방식에 의해 배가된다. 즉 시의 단락들은 연에서 연으로 세심하게 흘러가고 모든 연에서 새로운 형식을 발견할 수 있다. 나는 그가 쓴 책들을 전부 가지고 있으며 오늘은 그의 신간 『태양의 전시회(Exhibits of the Sun)』가 도착한다.

그의 신간은 오늘 오후에 아덴브룩 병원 정맥 주사실에 갈 때 가져가고 싶은 책이다. 나는 3주에 한 번씩 그곳에서 오후 내내 팔에 관을 꽂고 앉아 시간을 보낸다. 수십 리터쯤 되는 면역글로불린항체가 관을 통해 공급되는 동안 나는 아무데도 갈 수 없다. 그때가 책을 읽기에 딱 좋은 시간이지만 책의 크기가 적절해야 한다. 판형이 큰 책을 고르면 손을 많이 움직여야 해서 팔에 꽂힌 관이 흔들리다가 헐거워질 수 있기 때문이다.(그런 걸 염두에 두면서 시를 읽기 시작한다고 생각하면 웃음이 나올지도 모르겠다. 실제로 나는 처음부터 끝까지 그렇게 시를 읽는다. 그럴 땐 마치 정비 공장에 앉아 있는 아이언맨이 된 기분이다.) 조만간 콘래드의 『승리(Victory)』를 시작할 계획이지만 오늘 오후에는 스티븐 에드거의 신간을 읽기로 한다.

항상 그렇듯이 스티븐 에드거의 전공은 완벽함이다. 전형적인 그의 시는 해야 할 말을 못 하고 남겨 놓지도 않을뿐더러 그것을 다른 방식으로 말할 수 있는 여지도 남겨 놓지 않는다. 발터 벤야민의 유명한 '역사의 천사' — 폐허로 가득한 세상을 바라보면서 과거로 날아가는 천사 — 에 관해 쓴 에드거의 시는 우리 앞에 폐허를 그려 보인다. "거대한 하나의/ 강력한 충격을 준 황폐." 훨씬 더 놀라운 사실은 그의 시가 천사의 느낌까지 우리에게 전한다는 것이다. 아무리 "머물고 싶어도" 그는 영원히 앞을 향해 휩쓸려 간다. "폭풍우가 낙원을 날려 버리고 있다." 이러한 구절들은 벤야민의 글을 직접 인용함으로써 그에게 더 큰 경의를 표한다. 그러나 그러한 구절을 어디에 배치하느냐는 전적으로 에드거의 몫이다. 마치 어쩌면 레이건 대통령이 봉지에 든 젤리벨리 슈퍼 사우어 사탕에 탐닉할 때 그랬을 것처럼 그와 같은 순간을 수백 번 음미하면서 나는 오스트레일리아 문화가 얼마나 멀리까지 확장되고 있는지 생각해 본다. 오스트레일리아 문화는 당연히 확장되어야 한다. 오스트레일리아 인구의 절반밖에 되지 않는 스웨덴은 사브와 볼보와 아바를 세계에 알리지 않았던가.(아바는 사브와 볼보가 번 돈을 합친 것보다 더 많은 돈을 벌었다). 그러나 오스트레일리아는 여전히 작은 나라로 남아 있다. 지도에서만 커 보인다. 그러나 언젠가 오스트레일리아의 지식인들이 말했듯이 소외감은 더 이상 사실이 아니다. 오스트레일리아 출신의 영화감독과 배우, 가수, 지휘자들을 세계 어디서나 볼 수 있다. 연극 연출가 마이클 블레이크모어(Michael Blakemore)는 런던과 뉴욕에서 동시에 상연한 연극으로 몇 차례 큰 성공을 거두었다. 진정한 의미의 상업적 결과물이 전혀 없는 시 분야에서조차 오스트레일리아 시인들은 세계에서 존재감을 드러내고 있다. 전에는, 멀리 갈 것도 없이 이전 세대만 해도 소외되었다는 생각 때문에 계속해서 아픔을 느끼는 게 당연했다. 그러나 이제 오스트레일리아 시인들은 민족주의적 시구를 고민하느라 시간을 허비하지 않아도 된다. 그들은 세계를 좌지우지할 수 있기 때문이다. 내가 살아 있는 동안 이런 일이 생길 거라곤 꿈에도 생각하지 못했다. 그러나 놀랄 일은 결코 아니다. 번영할 자유와 더불어 창조할 자유는 민주주의가 제공하는 첫 번째 자유 가운데 하나다. 그리고 이제는 미국인들조차도 오스트레일리아가 어디 있는지 대략 안다. 세계 도처에서 소외되고 핍박받는 계층의 사람들이 오스트레일리아로 오고 싶어 한다. 많은 사람들이 초청을 받지만 — 이민자들의 수를 놓고 볼 때 오스트레일리아는 이민 수용국으로서 높은 순위에 있다. — 그들이 전부 올 수 있는 것은 아니다. 늘 새로운 불평거리를 찾는 오스트레일리아의 사이비 좌파 지식인들은 이러한 이민의 제약을 꼬투리 잡아 자신들의 조국이 인류에게 무례한 짓을 하고 있다고 비난한다. 그러는 동안 오스트레일리아 원주민을 가득 태운 첫 번째 컨테이너선은 아직도 페르시아만에 닻을 내리지 못했다. 나는 이런 생각들을 하다가 바로 오늘 밤에 책꽂이에서 스티븐 에드거의 결정판에 가까운 시선집 — 미국에서 출간된 이 시선집의 제목은 『홍해(The Red Sea)』다. — 을 꺼내 아픈 내 머리를 진정시켜 보기로 결심한다. 내 심장과 더불어 내 머리는 사실상 가동을 멈추지 않은 나의 마지막 장기인데, 이미 뇌에 입은 손상을 더 후벼 파고도 남을 소식이 중동에서 날아들었기 때문이다. 알카에다를 이교도에 지나치게 관대한 조직으로 여기는 신흥 극단주의 살인 집단이 등장했다는 소식이다. 폭풍우가 낙원을 날려 버리고 있다.

존 하워드, 자신의 시대를 연장하다

나는 작은딸에게 생일 선물로 줬던 존 하워드(John Howard)의 두꺼운 자서전 『나사로의 비상(Lazarus Rising)』을 다시 빌렸다. 작은딸은 그 책에 감명을 받았고, 나 역시 그랬다. 11년 6개월 이상 오스트레일리아 총리를 지낸 하워드는 겉으로 보기에는 결코 남의 눈길을 끌 만한 사람이 아니었다. 그는 매일 아침 밖에 나가서 달리기를 했으며, 기자들 몇 명 정도는 쉽게 따돌릴 수 있을 정도로 건강했다. 하지만 자신을 과시하는 건 그의 스타일이 아니었다. 그는 말하듯 글을 쓴다. 그의 글은 늘 분명하지만 결코 자극적이지 않다. 스타일이 없는 게 그의 스타일이었다. 그는 휴가 때마다 뉴사우스웨일스의 북부 해안에 있는 남부카 헤즈에서 긴 반바지를 입고 해를 가리기 위해 손수건을 접어 만든 모자를 쓰고 물속을 걸어 다니곤 했다. 그럴 때 그는 영락없는 "오지 배틀러(Aussie Battler)", 즉 가족을 먹여 살리기 위해 근면하고 성실하게 일하는 오스트레일리아의 평민처럼 보였다. 그러나 국회에만 가면 그의 지성이 작동하기 시작했고, 그의 지성은 오스트레일리아 노동당보다 훨씬 뛰어났다. 노동당은 그를 악마로 여겼다. 오스트레일리아의 거의 모든 지식인들도 그를 악마로 여겼다. 이들은 여러 해 동안 초보적인 수준의 반미국적이고 반자본주의적이며 실제로 반오스트레일리아적인 시각을 한 세대에서 다음 세대로 물려주고 있다. 지금도 내가 속한 블루칼라 계층에 좌파가 남아 있기는 하지만, 훨씬 목소리가 큰 화이트칼라 계층의 좌파는 언제나 일치단결하여 하워드를 증오한다. 그가 유권자들에게 인기가 높은데도 증오한다. 아니 어쩌면 그래서 증오한다. 노동당은 하워드와 전혀 다르고 유권자들의 충성심을 돌려놓을 지도자를 찾으며 암울한 10년을 보냈다. 그러고 나서 케빈 러드(Kevin Rudd) 노동당 대표는 깨달았다. 하워드를 이기는 유일한 길은 하나부터 열까지 하워드가 했던 것과 똑같은 일을 하겠다는 공약을 내걸어야 한다는 것을. 단, 더 젊은 세대에게 약속해야 했다.

하워드의 책은 장부를 결산하고 그것이 의미하는 바를 이야기함으로써 오스트레일리아 정치 안으로 얼마나 깊이 들어갈 수 있는지 보여 주는 교재다. 하지만 그도 실수를 저질렀고, 마지막 임기 때는 엄청난 실수를 저질렀다. 즉 당연히 그의 후임자로 점쳐졌던 대단히 유능한 재무 장관 피터 코스텔로(Peter Costello)를 지지할 수 없다는 결론을 내린 것이다. 사실상 하워드는 자신이 절대적으로 필요한 존재임을 천명한 셈이었다. 여하튼 영국에는 군주가 있고, 미국인들은 가끔 터무니없이 부풀린 결과를 낳으면서도 자신들의 대통령을 군주처럼 대한다. 하지만 대다수 오스트레일리아인들은, 이를테면 영국식 군주제 같은 건 전혀 원하지 않는다.

하워드의 책을 읽고 나서 드는 생각은, 그는 다른 부분에서는 자신을 아주 명확히 인식하면서도 자신이 실각한 이유는 제대로 이해하지 못한 것 같다는 것이다. 그렇다고 그가 실각한 이유를 분석할 수 없는 것은 아니다. 그가 자신을 평범한 사람이라고 생각하는 것처럼 행동하는 한 지적인 유권자들은 그를 비범한 인물로 생각할 준비가 되어 있었다. 하지만 그가 자신을 비범한 사람이라고 생각하는 것처럼 행동했을 때 그는 끝났다.

끝났지만 완전히 끝난 건 아니었다. 그는 이 책을 썼고, 머지않아 멘지스[33] 시대에 대해 쓴 또 다른 책이 나올 예정이다. 현대 오스트레일리아 역사에서 빼놓을 수 없는 멘지스라는 이름은 덜 행복한 세상에서는 이미 잊힌 이름이고, 머지않아 하워드라는 이름도 서구 민주주의를 공부하는 학생 빼고는 모든 사람에게 잊힐 것이다. 하지만 하워드는 잊힐 준비가 되어 있다.

존 하워드에겐 존경할 점이 많다. 그중 하나는 오스트레일리아 총리가 된다는 것이 충분히 영광스러운 일임을 진심으로 믿었다는 것이다. 그의 후임자 케빈 러드는 유엔 사무총장이 되고 싶어 했다. 하워드의 후임자들인 케빈 러드와 줄리아 길러드 중 누가 더 형편없느냐를 두고는 여전히 논란이 분분하다. 노동당의 두 거물은 각자 상대를 비난하는 책을 발표해 이 논란에 기름을 끼얹었다. 그러는 동안 하워드는 다음 세대의 오스트레일리아인들에게 그들의 국가가 어떻게 세계에서 이례적인 위상을 차지하게 되었는지 설명하는 데에 도움이 될 중요한 기록을 보태고 있다.

33 Robert Menzies(1894~1978): 오스트레일리아 자유당을 창시했고 18년 6개월 동안 오스트레일리아 연방 총리를 지냈다.

헤밍웨이의 최후

1969년에 카를로스 베이커(Carlos Baker)가 쓴 선구적인 전기에는 간단히 『헤밍웨이』라는 제목이 붙어 있다. 이 전기를 시작으로 어른이 된 이후 나는 상당한 시간을 어니스트 헤밍웨이에 관한 책들을 읽으면서 보냈다. 나는 책 더미에 깔려 죽고 싶지 않지만 헤밍웨이에 관한 책은 계속해서 집 안을 점령하고 있다. 과거에 헤밍웨이에 대한 책을 쓴 사람들은 그가 유명해진 뒤에 태어난 사람들이었다. 지금은 헤밍웨이가 자살한 뒤에 태어난 사람들이 그에 관한 책을 쓴다. 과거에는 미국 문학 전반을 가르치다가 본격적으로 헤밍웨이 연구로 돌아선 교수들 중에 그런 사람들이 일부 있었는데, 요즘은 문학 교수들이 그들의 경력 전부를 헤밍웨이 연구에 바치는 경향이 있다. 예나 지금이나 헤밍웨이 연구자들에게서 공통적으로 발견되는 자질은 헤밍웨이에 관해 때로는 완전히 새로운 사실을 담은 또 다른 책을 낼 수 있는 능력이다.

내 경험에 비춰 말한다면, 설령 헤밍웨이에 관한 책을 읽지 않은 사람이라도 그에 관한 책을 대여섯 권은 가지고 있을 것이다. 내가 생각하기에 사람들이 헤밍웨이에 관한 책을 쓰지 않고는 못 배기는 이유와 내가 헤밍웨이에 관한 책을 계속해서 읽는 이유는 똑같다. 즉 그에 관해서 풀리지 않은 수수께끼가 너무나 많이 남아 있기 때문이다. 헤밍웨이에 비하면 단눈치오조차도 단순한 괴짜에 불과하다. 헤밍웨이의 성격은 너무나 엉뚱했고, 그러한 엉뚱함에서 그의 창작 작업이 차지하는 부분은 일부분에 지나지 않았다. 여러 가지 점에서 볼 때 그것은 축복이었다. 그는 이야깃거리를 찾을 때 결코 단순한 탐미주의로 돌아가지 않았다. 그는 어떻게 사냥을 하고 낚시를 하느냐로 자신의 남자다움을 평가했다. 불행하게도 그는 어떻게 글을 쓰느냐로 자신의 남자다움을 평가하기도 했다. 하루 종일 의자에서 보낸 후 돌진해 오는 사자를 향해 총을 쏘거나 방금 어렵게 붙잡은 거대한 청새치 시체를 지키기 위해 상어들에게 기관 단총을 갈겨 자신의 용기를 입증하는 것으로는 그의 성에 차지 않았다. 그는 자신이 최근에 323번째로 원고를 고쳐 쓴 용기를 우리가 존경해 주길 바랐다. 그와 같은 수치에 대해서 우리는 그의 말을 곧이곧대로 믿었을 뿐이고, 그가 뭔가를 지어 냈다고 누군가 의심이라도 품었다면 그는 몹시 화를 냈을 것이다. 정직과 정확성은 남자의 덕목이었다.

그러나 그의 경우에, 어쩌면 모든 사람에게 해당될지도 모르지만, 성적 취향은 이중성을 띠었다. 따라서 그의 남성성은 그의 감수성과 반대 지점에 있었다. 작가로서의 정신 구조에서 드러나는 이 같은 차이를 그는 문체로 극복하려 애썼다. 그런 노력은 어느 정도 결실을 거두었고 특히 초기작에서는 효과가 있었다. 심지어 그런 노력이 결실을 거두지 못한 경우에도 널리 퍼져 영향을 미쳤다. 그의 문체는 바이러스처럼 번졌다. 젊은 작가 지망생들은 그의 문체를 진실의 소리로 받아들였고, 삶 속에 동화된 진정한 경험의 소리로 받아들였다. 이러한 사실들이 말해 주는 것은, 그가 가장 강한 설득력을 발휘한 때는 이야기를 지어 냈을 때라는 사실이다. 가장 오랫동안 유명세를 떨치는 장면 중 하나로, 이른바 카포레토 퇴각을 꼽을 수 있다. 이 길고 눈부시며 절묘한 묘사에는 「두 개의 심장을 가진 큰 강(Big Two-Hearted River)」 같은 단편 소설에 들어 있는 것과 똑같은 유형의 진실성이 담겨 있다. 하지만 헤밍웨이는 한 번도 카포레토 퇴각을 목격한 적이 없었다. 카포레토 퇴각은 그가 이탈리아에 도착하기 한 해 전에 일어난 사건이다. 그에겐 책에서 읽거나 전해 들은 몇 가지 사실을 설득력 있는 이야기로 바꾸는 재능이 있었을 뿐이다. 그는 몇 가지 거짓말을 가지고도 그럴듯한 이야기를 만들어 낼 수 있었다. 변형을 통해 착각을 불러일으키는 게 그의 이야기 방식이었다.

이런 식으로 그는 어떤 조수도 자신의 매력으로 사로잡을 수 있었다. 나는 폴 헨드릭슨(Paul Hendrickson)의 『헤밍웨이의 보트(Hemingway's Boat)』를 막 다 읽었다. 이 책은 1934년부터 1961년까지 위대한 작가와 그의 낚싯배 필라(Pilar) 사이의 친밀한 관계를 이야기한다. 키웨스트와 쿠바 연안을 누빈 필라는 큰 물고기와 독일 잠수함들과의 모험으로 헤밍웨이를 끌어들였다.(큰 물고기는 실제로 존재했지만, 독일 잠수함들에 관해서는 위치에 대한 귀중한 정보를 제공했다고 주장한 게 전부였다. 즉 잠수함은 한 척도 없었다.) 나는 빽빽하게 인쇄된 이 700쪽짜리 책을 다 읽었으며, 시간이 아깝다는 생각은 들지 않는다. 빈틈없고 고지식한 헨드릭슨은 과장된 부분을 모조리 찾아낸다. 게다가 헤밍웨이는 결코 과장될 필요가 없었다는 말에 당황하지도 않는다. 거인이 되길 꿈꾸면서 이따금 사람을 미치게 하는 난쟁이가 있는 것은 의심의 여지가 없지만, 헤밍웨이는 거인이 되길 꿈꾼 거인이었다. 나는 몇 년 전에 처음으로 쿠바로 여행을 갔다. 거기서는 아직도 카스트로가 공룡이 담배 피던 시절에 했을 법한 연설을 하고 있었다. 당시 나는 핀카 비히아[34]를 방문했다가 마당에 전시된 그의 필라를 봤다. 집은 마룻장들이 내려앉아서 안으로 들어갈 수 없었지만 창문을 통해 벽마다 빼곡한 책들을 보고 깜짝 놀랐다. 집 안 바닥에는 그의 모카신[35] 한 켤레가 있었는데, 나란히 놓인 그 모카신은 마치 두 개의 카누 같았다. 헤밍웨이는 거인국에서 온 남자였다.

헨드릭슨은 헤밍웨이의 정체를 간파했다는 사실을 자랑하지만 그도 어쩔 수 없이 헤밍웨이의 문체에 물든다. 헨드릭슨이 깜빡하고 지적하지 못한 사실이 있다. 헤밍웨이가 자신의 가슴을 두드리며 좋은 글을 썼다고 큰소리칠 때 헤밍웨이보다 못한 작가가 그런 허풍을 따라 한다면, 아무리 조심스럽게 따라 하더라도 그것은 그가 반드시 형편없는 글을 쓰게 되리라는 증거라는 것이다. 그러나 헨드릭슨이 헤밍웨이의 뇌와 만난 뒤에도 그의 뇌는 더 오래 살아남았다. 헤밍웨이의 뇌는 그가 엽총으로 자신의 고통에 종지부를 찍기 훨씬 이전부터 무시무시한 혼란에 빠져 있었던 게 분명하다.

케네스 S. 린(Kenneth S. Lynn)이 1991년에 발표한 장편 전기 『헤밍웨이』는 700쪽에 달하는 또 다른 대작이다. 사실에 기반을 둔 척하는 아버지 스타일의 가식에 덜 물든 이 책은 훨

34 Finca Vigia: 쿠바에서 헤밍웨이가 살았던 집.

35 부드러운 가죽으로 만든 납작한 신으로 원래 북미 원주민들이 신었다.

씬 더 우울하다. 당신은 헤밍웨이가 서서히 병들었다는 기대를 품고 있었을 수도 있지만, 이 책은 그러한 기대를 모두 뿌리 뽑아 버리기 때문이다. 아, 그는 시작부터 곤경에 빠졌다. 맹목적으로 자식을 사랑하고, 어쩌면 살짝 미쳤던 그의 어머니는 헤밍웨이를 마치 릴케의 경우처럼 여자아이로 길렀다. 그는 짧게 끝나 버린 삶을 사는 내내 자신의 성적 본성을 의심했으며 그러한 의심은 세계 최고의 운동선수이자 동물 사냥꾼인 척하는 태도로도 치료할 수 없었다. 술 역시 치료제가 되지 못했다. 그의 음주는 사실 그의 인생에서 가장 슬픈 이야기다. 그런 식으로 퍼마시면 소금에 절인 뇌가 될 수밖에 없다는 것이 꽤 일찍부터 명백해졌기 때문이다. 헤밍웨이에 비하면 윌리엄 포크너 같은 단순한 알코올 중독자는 술을 입에도 대지 않는 사람처럼 보일 정도다. 희한하게도 우리는 스콧 피츠제럴드를 술고래로, 헤밍웨이는 절제력을 갖춘 남자로 생각하는 경향이 있다. 헤밍웨이가 「킬리만자로의 눈」에서 쓴 운명적인 세 단어, 즉 "가엾은 스콧 피츠제럴드(Poor Scott Fitzgerald)"는 자신의 경쟁자에 대한 다음 세대의 관심을 약화시키는 데 일조했다. 그것이 바로 사후에 미디어를 통해 사람들에게 전달되는 이미지의 힘이다. 사실 헤밍웨이야말로 구제할 길 없는 술꾼이었다. 하지만 재주가 비상했고, 자신의 사내다운 이미지를 연출하는 데 능수능란했기 때문에 그가 남긴 인상, 즉 자신을 통제하는 남자라는 인상이 지금까지 지속되고 있으며 어쩌면 영원히 지속될 것이다.

여기에는 뭔가가 있다. 드와이트 맥도널드(Dwight MacDonald)는 이른바 통제가 잘된 것으로 알려진 첫 번째 작품들에서도 『노인과 바다』에서 보이는 매너리즘을 찾아볼 수 있다고 지적했다. 옳은 지적이다. 그러나 지나치게 공들인 소박함으로 치장한 표면 밑에는 시각화의 지속적인 힘이 떠받치고 있다. 그런 시각화가 헤밍웨이한테만 있는 특징은 아니었지만 — 가령 D. H. 로런스도 산골짜기의 맑은 개울을 헤밍웨이 못지않게 훌륭하게 묘사했다. — 헤밍웨이는 독자가 놓치고 지나갈 수 없을 정도로 시각화를 최대한 활용했다. 젊은 사람들 말마따나 헤밍웨이는 시각화를 가지고 야단법석을 떨었다.

안타깝게도 한층 더 아래로 내려가면 시각화의 지속적인 힘 밑에는 치유할 수 없는 약점이 있다. 그는 자신의 성적 본성에 들어 있는 이중성을 한 번도 정면으로 파헤치지 못하고 오로지 암시만 했다. 다른 모든 제약에 저항하는 작가에게도 자신의 내면만큼은 금기 사항이었다. 그에게 최고의 비극은, 그토록 오래도록 회자되며 그 자신의 위대한 주제가 될 수도 있었던 자신의 최후에 대해서 쓸 수 없다는 것이었다. 즉사만 하지 않는다면 육체가 쇠락해 가는 시간은 어느 작가에게든 새로운 주제가 될 수 있다. 그러나 헤밍웨이는 설령 마음대로 할 수 있었다고 해도 그 문제와 씨름할 수 있는 상태가 아니었을 것이다. 머리에 입은 너무 많은 부상이 그의 집중력을 망가뜨렸다. 그는 선 채 자신의 로열콰이어트딜럭스 타자기를 부서져라 두들겨 댔고(그는 서서 글을 썼다.), 똑같은 문장을 여러 번 되풀이해서 타이핑했으며, 그가 한때 자랑만 했던 그 번호 없는 원고들을 실제로 쏟아 냈다. 그러나 설령 육체적으로 건강했다 하더라도 그는 정신적으로 자신에게 필요했던 솔직함에 넘어가지 않았다. 대중 매체의 기생충 같은 인간들은 솔직함을 약점으로 받아들이는 경향이 있었고, 헤밍웨이에게 그들은 너무 두려워서 피할 수도 없는 존재들이었다. 그의 유일한 탈출구는 자신을 파괴하는 것뿐이었다. 그는 미학적인 측면에서 자신을 파괴하는 행위에 반대했어야 옳았다. 그의 자살로 주변은 난장판이 되었고, 그가 사랑한 사람들, 그 스스로 그들에게 짐이 되고 있다고 느끼던 사람들이 그가 남긴 난장판을 치워야 했다. 그것은 당당하지 못하고 용기 없는 행동이었다. 그러나 우리가 그의 최후를 이토록 안타까워하는 걸 보면 그가 얼마나 훌륭한 인물이었는지 짐작할 수 있다.

재치에 대하여

마리나 츠베타예바(Marina Tsvetaeva)는 젊은 시절의 보리스 파스테르나크(Boris Pasternak)가 아랍인과 그리고 그의 말을 닮았다고 말하면서 한 단어를 강조한다. 이는 재치를 부리기 위해서다. 나는 아바 에반(Abba Eban)의 『개인 목격자(Personal Witness)』를 다시 읽다가 재치의 경제적 성격 — 한 문장이 장황하다면 그것은 결코 재치 있는 문장이 아니다. — 을 생각하게 되었다. 『개인 목격자』는 이스라엘이 오늘의 이스라엘이 되는 데 정말 크나큰 기여를 한 아바 에반이 이스라엘 역사에 관해 쓴 중요한 책들 가운데 한 권이다. 에반보다 박식한 사람은 세상에 아무도 없었다. 그는 케임브리지에 다닐 때 그 어렵다는 세 개의 고대 언어 과목에서 최우등 학위를 받았고, 몇 가지 현대 언어도 유창하게 했다.(그가 유엔 주재 이스라엘 대사였을 때 양쪽에 앉아 있던 아랍 국가의 대표들은 그의 등 뒤에서 대화를 길게 나누다가 그가 그들이 하는 얘기를 전부 이해한다는 사실을 알아차렸다.) 그러나 박식한 사람들에겐 이야기를 짧게 하는 능력이 없었다. 시인이 시적 아이디어를 가지고

하는 법을 배워야 하는 일을 에반은 산문적인 아이디어를 가지고 할 수 있었다. 즉 그는 공간을 확실하게 표시한 다음 그 공간을 정확하게 채울 줄 알았다. 에반은 자신이 존경할 수 없는 어느 유엔 관리에 대해서 얘기한 적이 있다. 그 관리는 말수가 적은 사람이었으며, 그 적은 말수로도 충분히 표현하고 남을 정도로 그가 가진 아이디어도 적었다고 에반은 말했다. 그런 이야기를 이보다 더 재치 있게 할 수는 없을 것이다. 그러나 에반은 그런 재치 있는 말의 수위를 조절하는 법을 알았다. 그렇지 않았다면 결코 위대한 연설가가 되지 못했을 것이다. 진지한 연설을 듣기 위해 모인 청중은 깊은 열정을 담은 이성의 소리를 듣기 위해 그 자리에 온 것이지 라스베이거스에서 혼자 스탠드업 연기를 하는 코미디언의 수다를 듣기 위해 모인 것이 아니다. 최근에 나는 『개인 목격자』와 『아바 에반: 자서전』을 다시 읽고 나서 인터넷에서 『이스라엘의 목소리(Voice of Israel)』를 주문했다. 이 책은 대부분 역사적 순간에 대한 목소리를 담고 있는 에반의 연설집이다. 자신이 대변했던 국가의 소멸 가능성까지 포함하여 자신의 세계에서 상상할 수 있는 가장 진지한 주제들을 다루는 그의 연설은 유머는 부족하지만 늘 깊은 인상을 줄 정도로 간결하다. 그는 비공식적인 자리에서는 비극적인 문제조차도 재치 있게 말할 줄 알았다. 야세르 아라파트는 잃을 수 있는 모든 기회를 절대로 놓치지 않았다고 에반은 말했다. 몇 개의 원자로 압축된 그러한 농담 속에는 팔레스타인 난민에게 비극을 초래하는 모든 문제가 들어 있었다. 이스라엘인들은 아라파트 체제를 견뎌냈지만 팔레스타인인들에게는 아라파트 체제부터 하마스까지가 브레이크 없는 몰락의 시기였다. 하마스의 가자 지구 통치는 지상에서의 내 시간이 끝났음을 알려 주는 국제 무대의 커다란 정치적 재앙들 중에서도 아주 눈에 띄는 사건이었다. 이 악몽이 다음 세대까지 이어지지 않을 것이라고 확신할 수 있다면 얼마나 좋겠느냐만, 당연히 이 악몽은 다음 세대까지 이어질 것이다.

리처드 윌버의 계율

『시 공책』 출간을 준비하는 기간은 아주 힘들고 길었다. 그 기간에 나는 의도적으로 미국의 위대한 시인 리처드 윌버(Richard Wilbur)가 썼으며, 1976년에 출간된 이후 줄곧 내가 수시로 들춰 봐 온 비판적 산문에 관한 책을 들춰 보지 않았다. 그의 말투를 따라 하게 될까 봐, 그랬다가 독창성이 없어 보일까 봐 너무 두려웠다. 그러나 쉬워 보이는 대화체 영어로 자신의 지식을 펼쳐 놓는 그의 요령이 떠오르지 않을 수 없었다.(문학 이론이라는 게 어떻게 시작되었겠는가? 이론가라는 사람들이 글을 쓸 줄 몰랐기 때문이다.) 내 시금석이 되어 준 몇몇 시인들 — 예를 들면 라킨, 오든, T. S. 엘리엇 — 에겐 그들이 종사하는 예술에 대해 열정적이지만 객관적으로 이야기하는 재능이 있었다. 하지만 나는 늘 윌버가 최고라고 생각했다. 이제는 마음 놓고 그의 산문을 다시 읽을 수 있다. 그리고 내 생각에 "시는 시에게 빚을 지고 있다."라는 장(章)은 시를 배우기 시작한 학생들에게 시적 유산이 대대로 이어져 내려온 방식을 어떻게 생각하고 거기서 무엇을 배워야 하는지 가장 바람직하게 알려 주는 것 같다. 윌버는 의도적으로 박식함을 드러내지는 않지만 암기하고 있는 확고하고 풍부한 지식을 바탕으로 중요하게 여겨지는 모든 시인들 — 설령 그들은 스스로 인정하지 않을지 몰라도 — 은 언제나 자신들 이전에 중요하게 여겨졌던 시인들을 알았다는 뉘앙스로 이야기한다.(단테는 호메로스를 읽을 수 없었는데도 어떻게 그를 시인의 왕이라고 불렀을까? 누군가 저렇게 물었다면 윌버는 이렇게 대답했을 것이다. 단테는 호메로스를 읽을 수는 없었지만 베르길리우스의 의견을 믿었다고.) 나는 윌버가 이 에세이에서 확고하게 정립한 하나의 공식을 그 이후 줄곧 아주 유용하게 써먹어 왔다. 그 공식이란 바로 모든 혁명은 측근이 일으킨 쿠데타라는 것이다.

그렇긴 해도 엄격한 제한만 둔다면 무지도 그 나름의 창의력을 지니고 있다. 시에 대한 비평적 글쓰기를 완전히 그만둔 나로서는 정말이지 새로운 시인을 발견하고 싶지 않았기 때문에 리처드 하워드(Richard Howard)에 대해 내가 아는 것이 하나도 없다는 사실이 거의 기쁘기까지 했다. 하지만 거의 그랬을 뿐이다. 이제야 그를 발견 — 그의 풍성한 작품집 『내면의 목소리(Inner Voices)』를 통해 — 한 나는 그가 시에 바쳐 온 기나긴 생애에 감명을 받는다. 1929년 출생으로 나보다 열 살 많은 그는 지금까지 항상 서정적이고 학술적인 효과를 위해 자신의 시간을 썼다. 심지어 비평을 쓸 때도 그랬다. 그런데도 나는 어쩌면 하고많은 사람 중에서 그의 존재를 모를 수 있었을까? 내가 가장 존경하는 미국의 형식주의자 리처드 윌버와 앤서니 헥트(Anthony Hecht)처럼 리처드 하워드에겐 지성으로 가득 찬 기억과 인상을, 이해할 수 있는 형태의 글로 풀어내는 재능이 있다.

만약 내가 일찌감치 리처드 하워드를 알았더라면 시를 통해 자신의 박식함을 펼쳐 보이면서 느끼는 그의 순수한 즐거움이 내 시에 영향을 미쳤을지도 모른다. 하나만 예를 들어 보자. 그의 시 「베네치아풍 실내 장식, 1889」에는 「로버트 브라우닝의 아들에게 생긴 일에 대해서 당신이 알아야 할 모든 것」이라는 부제가 어울릴지도 모르겠다. 이 화려한 시는 슈퍼마켓처럼 다양한 상품을 구비한 부티크 같다. 그러나 이 시는 행을 바꾸지 않고 계속해서 이어지기도 한다. 간결성은 리처드 하워드의 재능이 아니며, 꼭 그렇지 않더라도 여하튼 그의 관심사는 아니다. 그는 자신의 독자들에게 시간이 있다고 생각한다. 나는 항상 내 독자들에게 시간이 전혀 없고, 매 순간 그들이 집중력을 발휘해서 읽어 줘야 한다고 생각하면서 글을 쓴다. 심지어 나는 『신곡』을 번역하고 있을 때도 그런 생각을 한다. 그러나 단테 자신도 그런 생각을 했다. 그는 「지옥」에서 새로운 모퉁이가 나올 때마다 항상 새로운 사건을 대기시키고, 「천국」에서는 10분마다 새로운 빛의 쇼가 펼쳐진다. 그럼에도 리처드 하워드의 느긋한 접근에는 그 나름의 가치가 있다.

무엇보다도 그는 단순히 인정받기 위해서 글을 쓰는 것이 아니다. 그에겐 글을 쓰는 더 훌륭한 이유가 있다. 이에 관해서 만약 그에게 내 승인이 필요했으리라고 생각한다면 그것은 내 오만함일 것이다. 그런 오만함은 비평가들의 직업병이다. 비평가들은 정신 상태가 비교적 온전했던 초창기를 지나면 자신들이 관심을 두지 않으면 그 어떤 일 — 예컨대 호라티우스의 경력조차도 — 도 일어나지 않는다고 생각하는 경향이 있다. 그런 어리석은 생각이 최악의 정점에 다다랐을 때 비평가는 셰익스피어에 대한 자신의 새 책이 셰익스피어를 망각에서 구해 낼 것처럼 군다. 리처드 하워드는 정반대다. 이것이 그의 훌륭한 점 가운데 하나라고 할 수 있다. 그가 쓰는 모든 문장에서는 무소유의 감상이 느껴지고, 그런 무소유의 감상이 시에서 나타나면 설령 새뮤얼 메나시(Samuel Menashe)의 모든 작품보다 열 배는 더 긴 시라 하더라도 독자는 넋을 잃는다.

따라서 생각해 보면 더 일찍 리처드 하워드를 발견하지 못하고, 발견의 기쁨이 더 이상 어려운 선택을 요구할 수 없는 지금에야 발견한 것이 두 배로 기쁘다. 윌버는 그 유명한 자신의 계율에 한 가지 생각을 더 보탰을지도 모른다. 그 생각은 이런 것이었을 터다. 모든 혁명은 측근이 일으킨 쿠데타이다. 하지만 쿠데타가 끝날 때까지 무슨 일이 벌어지는지 전혀 상황을 파악하지 못하는 얼뜨기가 가끔씩 있다.

그리고 젠장, 나는 뛰어난 기량과 깊은 학식을 갖춘 또 한 명의 미국 시인을 최근 맥덜린 다리 근처에 있는 옥스팜 가게의 책 코너에서 발견했다. 바로 로런스 조셉(Lawrence Joseph)이다. 그의 작품집 『계율, 편견 그리고 금기(Precepts, Biases and Taboos)』는 인용할 만한 시로 가득하다. 위키피디아에서 소개한 내용(나이를 공개하기 싫어하는 유명 여배우들처럼 그의 책에 실린 개인 이력에서는 생년월일에 대한 정보를 찾기 힘들다.)으로 추정해 보건대 그는 나보다 9년 늦게 태어났다. 그렇다면 그가 살아 있는 내내 나는 대체 어디에 있었던 걸까? 하기야 스티븐 에드거는 어떤 편지에서 고인이 된 에드거 바워스(Edgar Bowers)의 이름을 이제야 언급하기도 했다. 훗날 미국의 형식주의 시인이 된 에드거 바워스는 리처드 윌버와 앤서니 헥

트처럼 2차 세계대전을 겪으며 성장했을 뿐만 아니라 그들의 시와 나란히 놓아도 충분할 만큼 복잡하면서 정밀한 시를 썼다. 지금 내 몸 상태는 경험에서 우러나온 포괄적인 관점에 만족해야 하는 그런 상태다. 다시 말해 내가 그동안 입버릇처럼 꼭 필요한 시라고 찬양해 마지않았던 바로 그런 시를 수십 년간 피땀 흘려 써 온 누군가를 뒤늦게 발견했다고 해서 5분마다 길쭉한 침대용 털양말을 벗어던지며 자다 말고 벌떡 일어날 수 있는 몸 상태가 아니라는 얘기다. 여기에 달콤하면서도 씁쓸한 진실의 또 다른 증거가 있다. 즉 문화계 전체를 대략적으로 살펴보는 일은 모든 수학 체계와 마찬가지로 오류 없이는 완성될 수 없다는 것이다. 우리는 얼마든지 다른 문학 평론가보다 더 똑똑하다고 우쭐댈 수 있지만 괴델[36]보다 더 똑똑하다는 상상은 하지 않는 편이 좋다. 그러나 나는 로런스 조셉을 한쪽으로 치워 놓아야 한다. 왜냐하면 지금 나는 새로운 시를 쓰는 중이고, 자기 작품을 쓰고 있을 때 다른 사람의 작품을 너무 가까이에 두면 치명적인 결과를 초래한다는 사실을 알기 때문이다. 다른 사람의 작품은 마치 간접흡연을 할 때처럼 당신의 폐로 들어간다.

36 Kurt Gödel(1906~1978): 불완전성 정리로 유명한 체코 출신의 미국 수학자.

창작이 상식을 벗어날 때

혈기 왕성한 시절에 정서적 무질서를 초래한 변태 성욕 때문에, 쇼 비즈니스계에서 산전수전 다 겪은 실력자들이 체포되어 영국의 교도소들을 계속 채워 가는 걸 보면서 나는 내 충동이 합법적이었다는 사실에 감사 기도를 드린다. 예술가의 성적 성향이 범죄적 성향을 띠었던 것으로 밝혀지면 그 예술가의 작품은 좋아하기가 더 힘들다. 그럼에도 우리는 훌륭한 예술은 대개 결함이 있는 사람들의 작업이라는 원칙을 토대로 우리의 비평을 고수하려고 노력한다. 나는 에릭 길(Eric Gill)의 작품을 그다지 좋아하지 않기 때문에 아무런 거리낌 없이 그따위 작가는 내가 알 바 아니라는 식으로 말할 수 있지만, 아돌프 로스(Adolf Loos)는 완벽한 커피숍을 디자인했고, 페터 알텐베르크(Peter Altenberg)는 완벽한 단평들을 썼다. 나는 그들의 작품이 없는 빈의 질감을 상상하기 힘들다. 발튀스(Balthus)는 아직도 정말 골칫거리인데, 그 이유는 그의 그림을 떠올리는 순간 대부분 변태적인 작품이었다는 사실이 명백한데도 그의 그림들이 뇌리에서 떠나지 않기 때문이다. 오랫동안 나는 바실 번팅(Basil Bunting)에게 전혀 문제가 없다고 생각했다. 알몸의 사춘기 소녀를 좋아하는 취향이 그의 시에 나타나기는 하지만, 그 밖에는 어떤 것도 그의 시에 들어 있지 않기 때문이다. 그런데 최근에 (옥스팜에서 발견한) 그의 1970년판 『시선집(Collected Poems)』을 읽으면서 그동안 내가 잘못 생각했다는 것을 깨달았다. 그의 모든 시는 이상할 정도로 혼잡하고 엉겨 붙어 있으며 들쭉날쭉하지만 그럼에도 놀랄 정도로 훌륭하다. 그는 에즈라 파운드를 흉내 내는 것으로 악명이 높기도 했다. 심지어 파운드를 모방한 작품 중 일부는 원작보다도 낫다.(만약 번팅이 쓴 "태양면을 가르는 황새의 버팀목"이라는 문장이 파운드의 『캔토스(Cantos)』에 나왔다면 학자들은 그 문장에 대해 논문을 썼을 것이다.) 그럼에도 이 창의적이고 헌신적인 남자는 모든 아버지들의 악몽이었다. 그에 대해 할 수 있는 최고의 칭찬은, 만일 그가 계속 산다면 발튀스와 똑같은 범주에서 살게 되리라는 것이다. 즉 발튀스 같은 사람들은 비록 자신의 머릿속에 독사의 소굴이 들어 있다 하더라도 당신이 흔쾌히 당신의 머릿속에 간직하고픈 이미지를 만들어 낸다. 예술은 결코 우리가 바라는 것처럼 도덕적으로 단순한 수준에서 시작될 수 없다. 예술은 세계에서 성장하고, 루이스 맥니스(Louis MacNeice)가 말했듯이 그 세계는 어찌할 도리 없이 다원적인 세계다. 잔인하지만 위안이 되는 이 사실은 당신이 미지의 장소로 미끄럼틀을 타기 시작할 때 정말로 나타난다. 당신이 가 버리기 서운한 모든 이유와 흔쾌히 떠나고 싶은 모든 이유가 뒤엉켜 희미하게 아른거릴 때 세상에는 불이 들어온다. 그것은 인생의 불빛이다. 언뜻 단순해 보이지만, 분석이 힘들 정도로 복잡하다. 그럼에도 도덕은 절대적인 것이든 아무것도 아닌 것이든 상관없이 그 강력하고 내밀한 신호를 계속해서 보낸다. 빌 코스비가 하는 농담들을 들으며 어찌나 배꼽 빠지게 웃었던지 몇 년 후에도 그가 했던 농담이 생각났을 때 나는 또 웃음을 참지 못했다. 요즘엔 예전만큼 마음 놓고 웃지를 못한다. 만일 그에게 죄가 있는 것으로 밝혀지면 우리는 어떻게 우리의 평가를 철회할 것인가? 하지만 그의 죄와 비교할 때 우리의 죄는 사소한 문제에 불과하다.

콘래드의 위대한 승리

병원 정맥 주사실에서 읽기 시작한 콘래드의 『승리』를 내 부엌을 왔다 갔다 하면서 계속 읽고 있다. 최근 몇 년 동안 해 온 내 독서가 뭐랄까, 최고조에 오른 것 같은 느낌이 든다. 1915년에 처음 출간된 이 소설은 콘래드가 가장 즐겨 다룬 주제를 완벽하게 보여 준다. 주인공 헤이스트는 로드 짐 같은 인물이다. 차이가 있다면 헤이스트에게는 죄책감이 없다. 헤이스트는 문명사회의 한계를, 그리고 심지어 자본주의의 한계마저도 넘어선다. 그의 도움으로 그 섬들에 설립된 석탄 회사는 몰락해 폐허가 되지만, 헤이스트 자신은 살아남는다. 야비한 호텔 주인 숌버그의 댄스홀에서 헤이스트는 자신의 이상형인 알마와 마주친다. 알마는 조잡한 잔지아코모 관현악단에 발이 묶인 무력한 죄수로, 숌버그가 친절을 베풀며 역겹게 위협을 해도 도움을 청할 곳이 없다. 헤이스트는 파투산이나 술라코 같은 가상의 왕국인 삼부란으로 알마를 데려간다. 그곳에서 일어나는 일들을 통제하고 있는 것처럼 보이는 헤이스트는 알마를 레나라고 부르는데, 그 이름은 삼부란의 공주라는 뜻이다. 마치 아담과 이브처럼 두 사람에게는 서로 상대만 있으면 더 필요한 것이 없다. 혹은 그렇게 보인다. 하지만 곧 그들에게는 악에 대한 지식도 필요하다는 게 밝혀진다. "평범한 존스 씨"의 모습을 한 오싹한 악이 그들을 향해 오고 있기 때문이다. 악은 콘래드가 가장 깊이 있게 연구한 공포의 대상 중 하나다. 최고의 행복과 최고의 파괴가 충돌할 시간이 다가오면서 독자는 헤이스트가 어딘가에 총을 숨겨 놓았기를 기도하며 최소한 100쪽 정도를 읽게 될 것이다. 콘래드가 이 소설을 출간하던 시점은 이미 1차 세계대전 최초의 대규모 도살장 전투가 벌어진 후였다. 하지만 이 소설에 평화주의에 대한 암시는 없다. 콘래드는 무장하지 않은 선의가 무장한 악의 앞에서 무용지물이라는 걸 알고 있었다. 그것은 다가오는 20세기가 반복해서 가르쳐 주게 될 교훈이었으며, 21세기인 현재까지도 그 교훈은 계속되고 있다. 즉 평화는 원칙이 아니다. 평화는 그저 우리가 바라는 상황에 불과하며, 적어도 위협적인 세력의 폭력에 버금가는 폭력을 쓰지 않고는 쟁취할 수 없다. 우리가 그렇듯이 콘래드도 이 같은 결론에 도달하고 싶지 않았다. 하지만 그의 예술적 본능은 초자연적이고 정신적인 위로에 반대한다는 증거였고, 우리의 예술적 본능도 마땅히 그래야 한다. 우리가 살고 있는 대학살의 시대는 지적 사기꾼들의 시대이기도 하다. 세상에 일어난 일들을 해석한다고 주장하는 사람들 중에서 실제로 일어난 일들을 솔직하게 설명해 주는 사람은 거의 없다. 콘래드는 동시대 다른 작가들보다 먼저 정치적 성인기에 접어든 작가였고, 다른 작가들이 정치적 성인기에 접어들었을 때도 그들은 겨우 콘래드의 무릎까지밖에 미치지 못했다.

그렇지만 소설이 막바지에 이르렀을 때 헤이스트의 강직한 어리석음이 지루하게 느껴지는 것은 인정할 수밖에 없다. 콘래드의 주제는 만일 현명한 사람들이 반격할 준비를 하지 않는다면 순진한 사람들을 짓밟은 역사적 세력들에게 똑같은 일을 당할 수 있다는 것이었는데, 그런 주제를 좀 더 분명하게 드러내려면 자신의 주인공들을 자기 자신만큼 똑똑한 인물로 그렸어야 했다. 끝으로, 콘래드는 미개함을 피하는 것만으로도 얼마든지 교양 — 예를 들면 조셉 콘래드의 소설들을 읽으면서 얻을 수 있는 — 이라는 것을 갖출 수 있다는 우리의 바람을 강화하는 경향이 있다. 그러나 우리가 교양이 있는 사람이냐 아니냐는 사실 미개함과는 아무런 상관이 없다.

피날레

나는 지금 두 권의 전기를 동시에 읽고 있다. 하나는 가브리엘레 단눈치오(Gabriele d'Annunzio)의 인생 이야기를 담고 있는 루시 휴즈헬릿(Lucy Hughes-Hallett)의 『창(The Pike)』이다. 이 전기는 완벽에 가까울 정도로 가치 없는 인생을 살았던 사람에 대해 이야기한다. 단눈치오는 널리 알려진 시를 몇 편 쓴 것 말고는 아무짝에도 쓸모없는 인간이었다. 그가 한 일이라곤 대중을 자극해 최초의 파시스트적 과잉 흥분 상태로 내몰고, 입에서 악취를 풍기는 환자라도 스스로 놀랄 정도로 여자들과 잘 지내는 데는 전혀 방해가 되지 않는다는 사실을 입증한 것뿐이었다. 그에겐 뭔가 있었던 게 틀림없다. 그게 아니라면 엘레오노라 두세(Eleonora Duse) 같은 유명한 여자가 뭐가 아쉬워서 그의 침대로 뛰어들었겠는가. 그러나 전체적으로 봤을 때 당신이 헛소리나 늘어놓는 이 짜증 나는 인간을 무덤에서 일으켜 세우고 싶은 유일한 이유는 그래야만 그의 뺨을 때릴 수 있기 때문일 것이다. 내가 읽고 있는 또 다른 전기는 마크 보스트리지(Mark Bostridge)의 『플로렌스 나이팅게일』이다. 이 전기는 세상에서 가장 가치 있는 인생을 살았던 사람 중 한 명에 대한 이야기다. 나는 공정성을 지켜야 하는 내 의무를 다하고자 단눈치오보다 나이팅게일이 더 재미있는 사람이라는 사실을 찾아내려고 애쓰고 있다. 있는 사실만 놓고 말하면 댜길레프(Sergei Diaghilev)가 「클레오파트라」의 파리 첫 공연을 마친 뒤에 단눈치오가 사람들로 붐비는 이다 루빈슈타인(Ida Rubinstein)의 분장실에서 그녀의 환심을 사는 데 성공해 그녀의 다리 사이에 자신의 얼굴을 파묻게 된 이야기보다 더 재미있는 이야기는 없을 것이다. 이와는 매우 대조적으로 플로렌스 나이팅게일의 유일한 추문이라고 해 봐야 오늘날 우리에게 익숙한 기사, 즉 생각 없는 언론의 날조 기사 같은 것에 불과했다. 그녀는 스쿠타리의 한 병원에서 수술 도중에 정신적 충격을 덜 받기 위해 여러 차례 절단 수술을 지켜봤는데, 이걸 가지고 언론에서 그녀를 가학 성애자라고 부른 것이다.

두말할 나위 없이 그녀는 가학 성애자와는 정반대 유형의 사람이었다. 자비가 그녀의 사명이었다. 그렇기는 하지만 그녀가 무엇보다도 몰두한 일은 간호 업무를 공공을 위한 박애 행위로 바꾸는 데 필요한 실제적 조치를 취하고, 그것을 보편적으로 가르칠 수 있는 일련의 절차를 마련한 것이었다. 거의 사회 전체에 맞먹을 만큼 강력한 타성을 극복해야 했던 그녀에게는 단순히 선의의 감정에 호소하고만 있을 시간이 없었다.

보스트리지의 모범적인 이 책은 어떻게 나이팅게일이 세부 사항의 중요성에서 관심을 거두지 않은 채 그렇게 큰 그림을 생각할 수 있었는지에 대해 용기를 북돋고 있다는 느낌이

든다. 그녀가 보여 준 개혁적인 열정은 대부분 앞을 내다본 것들이었다. 질환의 세균 병원설이 나오려면 아직도 25년이 남았지만, 어찌 된 일인지 그녀는 청결이 생명 유지에 필수적인 역할을 할 수 있다는 것을 알아차렸다. 이렇게 해서 그녀는 지옥이나 다름없었던 스쿠타리 병원을 쉼터로 탈바꿈시켰다. 그녀의 탁월한 지성은 그녀 인생의 모든 시기에서 뚜렷하게 드러난다. 심지어 그녀가 자신의 진정한 역할을 깨닫기 전에도 그녀의 지성은 두드러졌다. 그녀는 언어, 통계, 대화, 음악, 학습 그리고 문명사회의 모든 예술에 뛰어난 재능을 지녔다. 그녀는 아주 재미있는 사람이었다. 당시의 사고방식 — 당시만 해도 그렇게 생각했다. — 에 따르면 그녀는 상당히 훌륭한 남자를 완벽한 아내로 맞이할 수 있었을 것이다. 그러나 그녀는 자신이 해야 할 일이 뭔가 더 있을 거라고 짐작했고 그 짐작은 옳았다. 리처드 먼크턴 밀니스(Richard Monckton Milnes)는 똑똑하고 매력적인 남자였지만 그녀는 그를 거절했다. 「미녀 삼총사」의 한 명으로 출연해 성공을 거둔 지 얼마 되지 않은 재클린 스미스(Jaclyn Smith)가 출연하는 영화에서는 그가 그녀를 거절한다. 그러나 이 영화는 당신이 생각하는 것만큼 바보 같은 영화는 아니다. 왜냐하면 플로렌스 나이팅게일을 미인으로 묘사하는 것이 그렇게까지 말이 안 되는 것은 아니기 때문이다. 그녀는 아주 매력적이었고, 이 남자다 싶은 남자에게 끌리기도 했다. 다만 자기 책임 아래 원칙에 헌신하며 살아가는 인생에 훨씬 더 끌렸을 뿐이다. 그녀의 인생 덕분에 오늘날 우리가 알고 있는 병원 제도가 만들어질 수 있었고, 간호사들은 마땅히 받아야 할 존경을 받고 있다.

요즘 내 머릿속에서는 간호사들 생각이 떠나지 않는다.

아덴브룩 병원에서 간호사들과 마주칠 때마다 머지않아 그들 외에 다른 사람은 거의 만날 수 없는 날이 오겠구나, 하는 생각이 든다. 인종과 종교에 상관없이 그들 모두에게 축복이 있기를. 내가 처음 병에 걸린 직후였다. 나는 전립선 수술을 받기 위해 기다리는 동안 내 요로를 바깥에 달고 있었다. 무슨 말인가 하면 도뇨관이 달린 크고 무거운 비닐봉지를 내 다리에 테이프로 붙여 놓고 있었다는 얘기다. 비닐봉지는 꽉 차면 무거웠다. 어느 날 밤 비닐봉지가 터지는 바람에 병실 바닥은 순식간에 황색 오줌바다가 되고 말았다. 나는 야간 근무를 서던 간호사에게 신호를 보냈다. 그녀는 나더러 사과는 그만하라고 했다.(나는 그런 상황이 닥치면 사고를 친 당사자는 그저 자신이 존재한다는 사실만으로도 사과를 하게 되는 경향이 있다는 걸 알게 됐다.) 그녀는 바닥에 흘러넘치는 오줌을 훔치기 시작했다. 그녀는 팔다리의 길이가 전부 다른 기형의 몸을 가지고 있다. 그런 몸으로 지금까지 살아오기란 결코 쉽지 않았을 것이다. 하지만 나는 그녀 덕분에 인생의 마지막을 더 쉽게 보내고 있었다. 내겐 기억에 남을 밤이었고, 한순간도 그날 밤을 잊은 적이 없다. 내게 바람이 있다면, 내가 쓴 모든 글이 그녀의 친절만큼 세상에 쓸모 있었으면 하는 것이다. 하지만 그럴 수 있을까? 잘 모르겠다.

백내장 수술을 몇 차례 받고 나서 한쪽 눈으로만 볼 수 있게 되었다. 나머지 한쪽 눈마저 안 보이기 시작하면 책을 읽을 수나 있을지 이따금 궁금해진다. 그래서 나는 인터넷 세계에서 살아가는 연습을 시작했다. 인터넷 세계에서는 그 어느 것도 너무 길게 지속되지 않는다. 탁월한 미국 시인 댄 브라운(Dan Brown)은 자신의 블로그에 짤막한 비평문을 올리기 시작했다. 예를 들어 그는 높은 식견을 바탕으로 자신의 영웅인 조지 허버트(George Herbert)가 쓴 어떤 시의 기교를 집중적으로 분석했다. 그런데 그 분량이 겨우 한두 문단에 불과하다. 분명히 댄 브라운은 이 축약된 형식을 이용해 그 어떤 시적 수수께끼라도 논의할 준비가 되어 있다. 그러나 왜 아직도 자신을 댄 브라운이라고 부르느냐에 대해서는 논의할 준비가 되어 있지 않다. 가장 많이 팔렸으나 지적 가치는 겨우 한 줌에 불과한 스릴러물의 범인이 이미 댄 브라운이라고 불리고 있고, 그 이름이 태국 같은 나라에서조차 유명하다는 사실을 고려할 때 당신은 시인 댄 브라운이 자신을 덴질 허큘리스 베른스 — 페더 3세까지는 아니더라도 적어도 댄 M. 브라운이라고 부르리라 예상할 것이다. 그러나 그렇지 않다. 그는 제리 루이스라고 불리는 편이 더 나을지도 모르는 이름을 내걸고 여전히 매우 아름답고 형이상학적인 시를 쓰고 있다. 그러나 여기서 핵심은 그것이 아니다. 여기서 핵심은 가장 최근에 그가 쓴 비평적 사고를 읽기 위해서 내가 다리를 절며 추운 바깥으로 나가지 않아도 되고, 인터넷 서점에 전화를 걸 필요도 없다는 것이다. 그저 인터넷에 그의 이름을 치기만 하면 끝이다. 이것이 우리 곁에 오고 있는 다음 세상이다.

인터넷 시대라고 해서 모든 글이 반드시 짧아야 한다고는 생각하지 않는다. 나라면 『전쟁과 평화』를 축약본으로 읽고 싶지는 않을 것 같다. 그러나 이미 몇몇 문학잡지들은 마치 똑똑하지만 피곤한 사람들을 위해서 특별히 쓴 것인 양 짧은 글을 가지고 야단법석을 떤다. 큰딸이 최근에 내게 《슬라이틀리 폭스드(Slightly Foxed)》라는 잡지를 소개해 주었다. 정기적으로 발행되는 이 잡지는 사라지거나 좀 더 알려졌어야 하는 책들에 대한 짧은 글로 가득하다. 어쩌면 내가 쓴 책들도 이미 사라지거나 좀 더 알려졌어야 하는 책으로 분류되어야 하지 않을까 싶다.《슬라이틀리 폭스드》를 한 권 한 권 훑어보다가 내가 아는 이름이 나오는 글들을 우연히 발견했다. 한 최근 호에는 시집『알라마인에서 젬젬까지(Alamein to Zemzem)』에 대한 훌륭한 글이 실려 있다. 이 시집은 키스 더글러스(Keith Douglas)가 서쪽의 사막에서 전투를 하면서 그때그때 받은 감흥에 기초해 쓴 작은 시집이다. 훗날 그는 노르망디 상륙 작전 직후에 노르망디에서 전사했다. 그는 최고의 재능을 지닌 시인이었으며, 살아 있었다면 예술의 지평을 바꿔 놓았을 것이다. 하지만 그의 삶은 갑자기 막을 내렸다. 반면 누구는 운이 좋아서 이렇게 오래 살고 있다. 더글러스의 시 중에「카누(Canoe)」라는 제목의 연애시와「물망초(Vergissmeinicht)」라는 제목의 사랑 노래가 있다. 그는 이 두 시를 가리키며 이렇게 말할지도 모르겠다. 내게 기회가 있었다면 그런 시를 더 많이 썼을 텐데.

이제 우리의 손가락은 그를 가리켜야 한다. 내가 생각하는 비평의 의무는 그런 의무 어디쯤엔가 있다. 비평가는 "내가 얼마나 많이 읽었는지 보라."가 아니라 "이걸 보라. 얼마나 훌륭한가."라는 말을 하기 위해 글을 써야 한다. 젊은이들이 당신의 무덤을 찾아가 봐야겠다고 생각하게 하려면 거기에는 뭔가 좋은 글이 쓰여 있어야 한다. 이곳 케임브리지의 트리니티 칼리지 부속 예배당에는 루트비히 비트겐슈타인에게 헌정된 명판이 하나 있고, 그 명판에는 라틴어로 이렇게 쓰여 있다. '그는 굴레에 갇힌 생각을 언어로 표출했다.' 만일 혹시라도 나한테 명판이 하나 허락된다면, 거기엔 이렇게 적혀 있었

으면 좋겠다. '그는 글로 쓰인 언어를 사랑했고, 젊은이들에게 이야기했다.'

나는 언어를 잃어가고 있는 사람의 처지에서 이야기하고 있다. 아마도 내겐 곧 영어만 남게 될 것이고, 얼마 뒤에는 그마저도 잃어버리게 될 것이다. 그런데 마침내 문자 언어마저 내 능력이 닿을 수 없는 곳으로 멀어져 가는 날이 오면, 그땐 어떻게 할까? 나는 저자가 직접 읽어 주는 경우를 제외하면 오디오북을 그다지 좋아하는 사람이 아니다. 안타깝게도 너무나 많은 오디오북을 배우들이 읽어 준다. 대체로 나는 배우들이 책을 읽어 주는 방식을 혐오한다. 그들은 글로 쓰인 것을 대화로 바꾸는 것이 자신들이 해야 할 일인 양 구두점을 무시하고 계속 읽어 나간다. 내 시 「일본의 단풍나무」가 《뉴요커》에 실린 직후, 이름은 밝히지 않겠지만 한 배우가 오스트레일리아 방송에 나와 그 시를 큰 소리로 낭독했다. 목소리에는 위엄이 있었다. 하지만 그는 행이 끝나고 연이 바뀌는 것에 도통 관심이 없었다. 그는 행과 연에 대한 관심이 자연스러움을 중시하는 자신의 재능을 펼쳐 보이는 데 방해가 된다고 여겼다. 나는 인터넷으로 그 방송을 듣고 있었는데, 마치 의자에 묶여 바실 라스본(Basil Rathbone)한테 얻어맞고 있는 기분이 들었다.

작은딸과 나는 「밴드 오브 브라더스」라면 언제라도 다시 볼 수 있고, 「웨스트 윙」은 말할 것도 없이 언제라도 처음부터 끝까지 전편을 다시 볼 자신이 있다. 내 시력이 약해져서 중요한 장면을 놓치기라도 하면 작은딸이 내게 설명을 해 주면 될 것이다. 아닌 게 아니라 이미 종종 그러고 있다. 「뉴스룸」의 대화는 애런 소킨(Aaron Sorkin)이 썼다. 아내와 내가 듣기에는 너무 빠를 때가 종종 있지만, 우리 두 딸에겐 소킨의 대화가 그렇게 빠른 편이 아니다. 그래서 두 딸은 마치 유엔의 동시 통역사들처럼 계속해서 우리에게 소킨이 쓴 대화를 영국식으로 통역해서 들려준다. 현대의 매체가 생산해 낸 작품을 모방하려면 집단적인 노력이 필요하다. 이 대목에서 떠오르는 게 프루스트가 주장한 지성의 공동체론이다. 무엇이든 이해하기 위해서는 많은 우리가 필요하다. 따라서 혼자서 모든 것을 이해할 수 있다고 생각하는 사람이 있다면 그는 틀림없이 정신이 어떻게 된 사람일 것이다. 어쩌면 리처드 파인만(Richard Feynman)조차도 가끔은 누군가의 설명을 들어야 이해할 수 있는 것들이 있었을지 모른다. 그는 실제로 당신의 전화기를 고칠 수 있는 그런 부류의 이론 물리학자였지만, 나는 그가 「웨스트윙」에서 조시와 도나가 각각 30초 동안 한 페이지 분량의 대화를 동시에 주고받는 걸 듣지 못하고 세상을 떠나서 아쉽다. 그가 두 사람의 대화를 들었더라면 양자 역학쯤은 애들 장난처럼 쉬운 일로 여겼을지도 모른다.

그다음엔 음악이 있다. 내 의사들 중에는 병을 치료하기 위해 내게 음악이 필요하다고 생각하는 의사가 적어도 한 명은 있다. 아, 안타깝지만 사실을 말하자면, 음악은 내게 전혀 위로가 되지 않는다. 나는 최근에야 흥미로운 사실을 깨달았다. 나는 베토벤이 말년에 작곡한 4중주곡들과 모차르트가 작곡한 사랑스러운 5중주 두 곡을 항상 들어야만 하는데, 음악을 들을 때는 글을 읽을 수도, 쓸 수도 없다. 위대한 음악은 결코 배경 음악으로 연주되도록 만들어지지 않았기 때문이다. 만일 위대한 음악이 전면에 모습을 드러낸다면 나는 마침내 길을 나설 것이다. 나는 사방이 책으로 둘러싸인 눈부신 벽을 지나 중간까지 갈 것이다. 그리고 무(無)의 세계로 빠지기 직전에 모든 것이 다시 시작된다. 그러나 그 모든 것은 다른 사람들을 위한 것이다.

옮긴이
김민수

한국외대 사학과를 졸업하고 광고 대행사와 음반사, 영화 기획사를 거쳐 번역가의 길을 걷고 있다. 옮긴 책으로 『플라톤, 구글에 가다』, 『거장처럼 써라』, 『역사, 진실에 대한 이야기의 이야기』, 『99%의 로마인은 어떻게 살았을까』, 『히틀러의 철학자들』, 『사회주의 100년』(공역) 등이 있다.

죽음을 이기는
독서

1판 1쇄 펴냄 2018년 6월 1일
1판 2쇄 펴냄 2020년 7월 22일

지은이 클라이브 제임스
옮긴이 김민수
발행인 박근섭, 박상준
펴낸곳 (주)민음사

출판등록 1966. 5. 19. 제16-490호
서울시 강남구 도산대로 1길 62(신사동)
강남출판문화센터 5층 06027
대표전화 02-515-2000 팩시밀리 02-515-2007
www.minumsa.com

ISBN 978 89 374 2933 0 04800
ISBN 978 89 374 2900 2 (세트)

쏜살 저, 죄송한데요 이기준

도토리 데라다 도라히코 | 강정원 옮김

게으른 자를 위한 변명 로버트 루이스 스티븐슨 | 이미애 옮김

외투 니콜라이 고골 | 조주관 옮김

차나 한 잔 김승옥

검은 고양이 에드거 앨런 포 | 전승희 옮김

두 친구 기 드 모파상 | 이봉지 옮김

순박한 마음 귀스타브 플로베르 | 유호식 옮김

남자는 쇼핑을 좋아해 무라카미 류 | 권남희 옮김

프라하로 여행하는 모차르트 에두아르트 뫼리케 | 박광자 옮김

페터 카멘친트 헤르만 헤세 | 원당희 옮김

권태 이상 | 권영민 책임 편집

반도덕주의자 앙드레 지드 | 동성식 옮김

법 앞에서 프란츠 카프카 | 전영애 옮김

이것은 시를 위한 강의가 아니다 E. E. 커밍스 | 김유곤 옮김

엄마는 페미니스트 치마만다 응고지 아디치에 | 황가한 옮김

걸어도 걸어도 고레에다 히로카즈 | 박명진 옮김

태풍이 지나가고 고레에다 히로카즈 · 사노 아키라 | 박명진 옮김

조르바를 위하여 김욱동

달빛 속을 걷다 헨리 데이비드 소로 | 조애리 옮김

죽음을 이기는 독서 클라이브 제임스 | 김민수 옮김

꾸밈없는 인생의 그림 페터 알텐베르크 | 이미선 옮김

회색 노트 로제 마르탱 뒤 가르 | 정지영 옮김

참깨와 백합 그리고 독서에 관하여 존 러스킨 · 마르셀 프루스트 | 유정화 · 이봉지 옮김

순례자 매 글렌웨이 웨스콧 | 정지현 옮김

마르그리트 뒤라스의 글 마르그리트 뒤라스 | 윤진 옮김

너는 갔어야 했다 다니엘 켈만 | 임정희 옮김

무용수와 몸 알프레트 되블린 | 신동화 옮김

호주머니 속의 축제 어니스트 헤밍웨이 | 안정효 옮김

밤을 열다 폴 모랑 | 임명주 옮김

밤을 닫다 폴 모랑 | 문경자 옮김

책 대 담배 조지 오웰 | 강문순 옮김

세 여인 로베르트 무질 | 강명구 옮김